噬血狂襲

STRIKE THE BLOOD

16

虛幻的聖騎士

三雲岳斗

illustration マニャ子

Kadokawa Fantastic Novels

曉古城
「第四真祖」
The Fourth Primogenitor
世界最強的「怠惰」吸血鬼

香菅谷雫梨・卡思緹艾拉
「修女騎士」Paladiness
至純無上的炎劍守護騎士

仙都木優麻
「魔女的女兒」Witch of the Blue
蠱惑全城的真祖知交

姬柊雪菜
「劍巫」Swords-Shaman
獅子王機關的嬌柔監視者

天瀨優乃
「獸人拳士」Werecat Kung Fu Fighter
開朗悠哉的格鬥貓女

宮住琉威
「魔槍手」Magic Gunner
有才幹的模範生兼萬能狙擊手

Contents

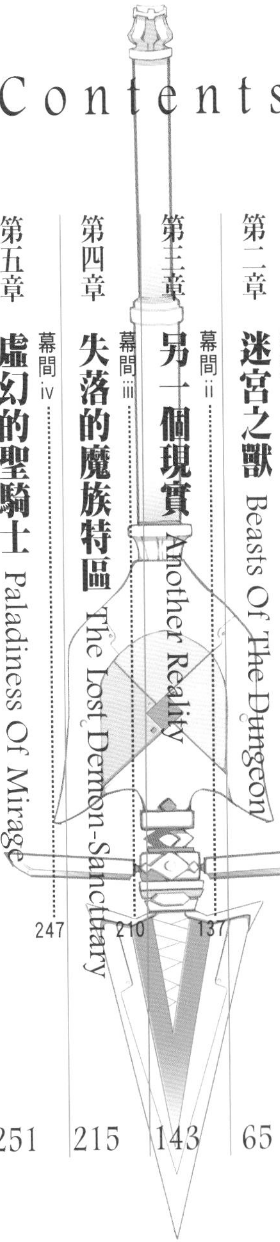

三雲岳斗

illustration マニャ子

噬血狂襲

STRIKE THE BLOOD

16

虛幻的聖騎士

Kadokawa Fantastic Novels

序章

Intro

聽得見海潮聲。

波浪靜靜打向夜晚海灘的聲響。

頭上是近似深海的靛藍天空，滿天星斗占滿視野，銀色月光悄悄照亮細緻的白沙灘。

潮濕的風吹來，有股夏天傍晚的氣味。

濡濕臉頰的海水像鮮血一樣溫暖。

他彷彿受了這股暖意吸引，慢慢地清醒過來。有許多珊瑚殘骸碎片從原本緊握的指縫之間灑落。

那是個戴著濕掉的連帽衣帽子，長相尋常無奇的少年。

年紀約莫十六七歲，瀏海好似消瘦狼隻的體毛，色素較淡。不過，即使把這一點算在內，依然沒有特別醒目之處。是隨處可見的男學生。

少年睡著似的倒在岸邊，無法起身。

體溫被濕衣服與晚風剝奪，全身使不上力。冷透的手腳沒有感覺，猶如陌生人的肉體，只有肌膚觸及的粗糙沙粒感覺格外鮮明。

少年被海浪打上岸以後，便翻身仰臥。

他似乎想甩掉臉上沾到的水滴，慵懶地搖了搖頭。

隨後，有陣踩在沙上的腳步聲傳來了。

睜開眼皮，苗條的身影映入眼簾。是個穿著長大衣的年輕女孩。

端正如人偶的臉孔；印象強烈的大眼睛；長長的頭巾（Wimple）讓人聯想到修女，從縫隙中可以瞧見她純白如雪的髮絲。

少女在少年身旁停下腳步，然後默默地低頭看他。不帶感情的冷漠眼光。

「可總算找到你了，曉古城。」

少女用帶有一絲責怪調調的語氣說道。戒心畢露的攻擊性態度。不過，大概是因為嗓音柔和清澈，給人的印象倒沒有用詞來得尖銳。

於是少年困惑似的朝她望回去。

「……曉……古城？」

「難道說，你不記得？」少女傻眼地挑眉問：「那應該是你的尊姓大名吧？『第四真祖』曉古城。」

「我是……第四真祖……？」

少女所提到的聳動頭銜使得少年臉上露出了納悶之色。

是啊——少女語帶嘆息地對他聳了聳肩。

「理當不存在的第四名『始源』吸血鬼。不死且不滅，不具任何血族同胞，不求支配，率有災厄化身之十二眷獸，只顧啜飲人血、殺戮、破壞，超脫世理的冷酷無情吸血鬼——指的就是你喔，曉古城。」

「我是吸血鬼真祖……這樣啊……」

少年躺在沙灘上望著自己的手掌。反應意外冷靜。即使聽聞自己的身分是「世界最強吸血鬼」也不可思議地無動於衷。

「你可想起來了嗎？」

白髮少女不近人情地冷冷問道。哎——應聲的少年沒勁地微笑。

「叫我真祖感覺不實際，但我對自己的名字倒是有印象。」

「那好。」少女表示認同。

被稱作曉古城的少年默默撐起上半身，然後看向她。

「所以說，這裡是哪裡？為什麼我會在這種地方……？」

「這兒是恩萊島。」

「……恩萊島？」

「浮在東京南方海上三百三十公里處的遠洋孤島，日本唯一一座『魔族特區』——管理你們這類魔族的特別自治區。」

「管理？不是該說成『隔離』才對嗎？」

古城挖苦似的反問。假如目的只在於管理魔族，應該不必將自治區蓋在離本土遙遠的汪洋盡頭。可以感覺到這座島顯然是為了困住魔族，好將他們從人類社會隔離才會存在。

少女無感情地回望古城挑釁的眼神。

霎時間，她藏在長大衣底下的右手毫無預警地伸出。

她握著深紅發亮的長劍。劍身起伏如火的鋸刃劍精準地抵住了古城的頸根。

「妳是什麼人？」

古城用肌膚感受劍刃的重量，並且低聲發問。

「我的名字叫香菅谷雫梨．卡思緹艾拉──」

少女仍以長劍指著古城，還用正經八百的語氣如此告訴他：

「我是你的監視者。」

第一章 攻魔專校

College Of Magic Arts Officer

1

仿照廢棄工廠蓋成的老舊建築物裡充斥著海風的氣味。

午後陽光從破損的天窗照入，將瀰漫的塵埃照得白亮。

昏暗的通道，生鏽的鐵柱死角。有道嬌小身影蹲在裂開的混凝土地面，窺伺著周圍動靜。大大的眼睛看了會令人聯想到喜歡惡作劇的貓咪，給人強烈印象的少女。

她身上穿著較為暴露且活動方便的體育服裝。外罩金屬手甲的手套（Glove），還有腳尖以裝甲包覆的高筒靴格外顯眼。另外，她頭上還長了尖尖的獸耳。

少女放大的瞳孔彷彿能看透黑暗深處。她晃了晃輕柔的棕色捲毛，耳朵隨之發顫。因為隔著建築物牆壁，可以感覺到有異物潛伏於牆的另一邊。

「捕捉到目標嘍。對方似乎埋伏在隔壁大廳。琉琉，你認得出來嗎？」

獸耳少女朝著脖子上掛的通訊麥克風細語。

在廢棄工廠外待命的少年對她說的話點了頭。少年一臉模範生樣，身上散發著溫和的氣質，正探頭看向已經架好的狙擊槍光學瞄準器。

「我這邊也捕捉到了。那是真賀齋老師的十四式裝甲式神，會以雙腳行走，最高裝甲厚度達九十毫米。班長，怎麼辦？相當棘手喔。」

「──優乃同學，周圍有沒有其他敵影？」

聽著雙方通訊的第三道人影朝獸耳少女發問。

披著附有金屬護肩的長大衣，還戴了鈷藍色頭巾的白髮少女。她的名字叫香菅谷雫梨・卡思緹艾拉，南歐小國派來的交換留學生──專門對付魔族的修女騎士（Paladiness）見習生。

「唔～～好像沒有耶。至少沒有正在活動的敵群。」

獸耳少女從鐵柱死角悄悄探身，確認了周遭的狀況。天瀨優乃身為L種──也就是所謂的獸人族，視覺及聽覺比常人敏銳幾十倍。

優乃如此報告，讓雫梨露出滿意似的微笑。

「好（Bene）。那就趁目標還沒察覺先發動奇襲。優乃同學負責擾亂目標；麻煩琉威同學幫忙掩護；我則負責靠近目標並直接予以打擊。」

「了解～～」

優乃犬齒一露，現出攻擊性的微笑。戴著手套的手緊緊握起，聲音乾脆俐落。

「我這邊也了解了。我會先準備絆住敵人的術式。」

拿狙擊槍的少年──宮住琉威把魚雷型的細筒裝上槍口。那是軍方用來在著彈處設置魔獸捕捉術式的咒術榴彈。

「進攻的時機交給優乃同學決定，可以嗎？」

雫梨確認成員們完成準備以後，便通知優乃。優乃天真無邪地回答：「好～～」這時候，站在雫梨後面的第四個人急忙插話了。

「等一下，我呢？我要做什麼才好？」

「……對喔，還有你在呢，曉古城。」

少年難掩困惑，雫梨似乎這才想到要回頭看他。

和感覺熟悉戰鬥的雫梨等人相比，少年的模樣顯得全是破綻。槍械一類的武裝自然不用說，就連半件防具都沒穿，配給的制服外面只套了件灰色的軍用連帽衣。他並沒有警戒周圍，只是毫無防備地站著，模樣看起來就像誤闖戰場正中央而給人添麻煩的民眾。

「你負責掩護我們幾個。請你起碼要保持乖乖的，千萬別礙事。」

「光是隨口交代一句要我掩護，我也不曉得具體該做什麼才對啦！」

古城遭到雫梨冷冷地嫌棄，就更加不知所措了。琉威似乎不忍看古城發愁，便維持狙擊的姿勢聳了聳肩。

「曉同學，抱歉，要是你手邊有空，我想請你去買個麵包回來。數量有限的黃豆粉炸麵包應該就是從本週開賣。」

「我想我需要喝的。買碳酸以外的甜飲。」

持續匍匐前進的優乃一臉正經地接話。是、是喔——一瞬間，古城險些點頭答應。

「——欸，那不就只是幫你們跑腿而已嗎！」

掩護並不是那個意思吧！古城如此出聲抗議。然而，優乃卻無視於古城的主張，粗魯地用腳蹬了混凝土地面。

她嬌小的身軀留下短瞬殘影，還像發現獵物的獵犬一樣加快速度。

優乃運用工廠內鋪設的鋼筋與牆壁一點一點地改換角度，在她前往的方向擺著一座巨大的裝甲式神(D。——)。

全高約四公尺。被厚實鋼板包覆的模樣與其稱為人偶，形象更接近長有四肢的戰車。雖然看不出有什麼武裝，但是鋼鐵材質的龐大軀體本身就有十足威脅性。那座鐵灰色的騎士像感應到優乃接近，便開始行動了。與笨重的外觀呈對比，它動起來異常靈活，就像生物。

即使如此，優乃並不畏懼。她沒有放慢速度，而是從正面接近裝甲式神，並且一邊翻滾一邊用腳跟重重掃向罩著鋼鐵頭盔的式神腦門。裝甲式神吃了嬌小少女一腳，龐大身軀變得有些站不穩。

「我要上嘍～～白兔腳六番『落月』！然、後、呢——」

優乃利用腳跟踢中敵人的反作用力再次騰空。

裝甲式神朝她伸出巨大手臂。不過，優乃憑著忍者般的身手，鑽過了敵人以手臂發動的那波攻勢。然後她用左右掌撲向裝甲式神空門大開的胸口。

「虎王拳四番『爪星』！」

在優乃聲音響起的同時，沉重的衝擊便貫穿了裝甲式神。藉由墜落的加速度、裝甲式神本身的重心移動以及獸人種膂力所使出的漂亮一擊。嚴重失去平衡的裝甲式神撞破建築物牆壁，摔得四腳朝天。

「彈道打通了。優乃，妳讓開。」

「了解！」

優乃一邊閃避飛散的瓦礫一邊後退並拉開距離。裝甲式神為了追她，就用難以置信的速度蹦起了身。琉威發射的咒式榴彈隨即飛來。展開的咒術結界帶著淡淡光芒將裝甲式神包住，進而化為目不可視的鎖鏈封鎖住鐵灰色巨軀的行動。

「梨梨，之後拜託妳了！」

「還需要妳說——！」

雫梨代替脫離戰場的優乃從正面衝了過來。

她舉著銀色鎚矛（Mace）。那是在長度一公尺多的棍棒前端裝了金屬頭的打擊武器。裝甲式神被琉威的咒術封住行動，雫梨便毫不留情地朝著它的頭揮下鎚矛。衝擊使鎚矛內藏的炸藥引信啟動。閃光伴隨爆炸聲迸發而出，裝甲式神被炸開的火焰包裹了。

地面像起浪似的搖晃，爆炸的風壓使廢棄工廠的屋頂嘎吱作響。

帶有火花的熱風一路吹到古城所站的通道裡頭。

裝甲式神被火焰包裹而動彈不得。裂開的裝甲碎散掉落，如雨珠般淅淅瀝瀝地灑下。

「哎……差不多就這樣嘍。」

趴到地上躲風壓的雫梨按著飛揚的頭巾，嘆了口氣。

雖然說雫梨趁引爆前已經先將鎚矛的前端切離，但是在極近距離內被爆炸波及，發動攻擊的她也實在稱不上狀態完善。

肉體本身在咒術庇護下毫髮無傷，身上披的長大衣卻被炸得破破爛爛，裡面穿的制服也處處可見破損。從絲襪破掉的縫隙露出來的白皙肌膚令人不忍卒睹。

即使如此，雫梨大概還是有感受到打倒裝甲式神的手感。她拋開完成任務的鎚矛握柄，打算整理凌亂的衣服。

這成了致命的破綻。

「班長，還沒完！裝甲式神的魔力並沒有消失！」

琉威再度裝填咒式榴彈並大喊。

就在下一刻，近似地鳴的巨大腳步聲又響遍四周了。瀰漫的爆炸煙霧好似被人撥開，裝甲式神的鐵灰色巨軀出現在雫梨眼前。

「啥！怎麼可能……！」

雫梨主動滾到地上，勉強躲過了裝甲式神揮下的巨大拳頭。先前應該被炸藥轟個正著的裝甲式神頭部毫無損傷，只有鐵灰色甲冑消失，底下的臉孔暴露在外。那是像用泥巴燒烤塑造出來的粗糙人偶臉孔。

「難道這座裝甲式神在裝甲上刻了代受攻擊的術式……！」

雫梨察覺到本身攻擊失敗的原因，便用力咬嘴唇。

護符、守護石、替身人偶——當本尊受到致命攻擊時就會發揮作用，讓道具（Item）代受傷害的咒術，在許多流派中都有。這是相當常見的手法。

這座裝甲式神就是在裝甲各部位刻了這種術式，才能撐過雫梨的鎚矛攻擊。如同安裝於戰車的爆炸反應裝甲（Reactive Armor），代受傷害的刻印恐怕連裝甲碎散的反作用力都能加以利用，使得爆炸的衝擊喪失了殺傷力。

搞懂以後就只是單純的機關。然而，如此簡單的手法導致雫梨正身陷困境。裝甲式神不過是人工產物，不可能會使用代受傷害的術式——這種刻板印象害雫梨被反將一軍了。

「梨梨！」

為了掩護倒地的雫梨，優乃又對裝甲式神出拳。不過她使出渾身力氣的攻擊只讓鐵灰色巨軀產生一丁點搖晃。看似不甘心的優乃一邊「唔～～」地噘嘴咕噥，一邊閃躲擺脫裝甲式神的反擊。

即使憑獸人種的膂力，也無法摧毀這座巨大過頭的裝甲式神。雫梨從最初就明白這一點，才會採用炸藥這種粗暴的手段。可是，內藏炸藥的鎚矛已經沒了。

「糟糕……這座裝甲式神的等級比預料中還高，靠我們目前的裝備應付不來。」

琉威新發射的咒式榴彈讓裝甲式神的動作變慢了一點。然而他那挺狙擊槍的威力，並不可能對裝甲式神造成更進一步的損傷。

「我們暫時撤退重整旗鼓。優乃，請妳先走！」

「梨梨，可是這樣妳就……！」

雫梨所說的話讓優乃詫異地睜大眼睛。可是實際上，裝甲式神的巨軀比預料中還要靈活，更何況剛才那場爆炸已經導致有幾條逃脫路線被瓦礫埋住了。除非有人當誘餌，否則絕不可能平安撤退。

「這點程度的問題，我一個人處理就夠了！」

雫梨自信地露出笑容以後，便從腰際的劍鞘拔劍。優美的劍身起伏如火，可是對罩著厚實裝甲的裝甲式神想必不管用。

然而，雫梨卻坦蕩蕩地站到裝甲式神跟前。為了讓優乃逃脫，她打算吸引裝甲式神的注意。在狹窄的廢棄工廠採取這種行動，當然會讓她暴露在更大的危險中。古城還沒來得及用腦袋理解狀況，就無意識地衝過去了。

「咦！曉同學……？」

琉威最先察覺到古城出乎意料的舉動。連存在都差點被忘記的新人竟然衝上戰鬥的最前線，就連冷靜的他也難掩心慌。

「曉、曉古城？」

「城城，你在搞什麼啦！」

雫梨和優乃察覺古城接近，動作都停住了。

目前的古城手無寸鐵，別說缺乏對裝甲式神管用的武器，身上更連像樣的防具都沒穿。即使如此，古城還是跑個不停。他跨過倒塌的牆壁並接近裝甲式神，敵我距離頂多十四五公尺。要是裝甲式神察覺他的存在，大概瞬間就能掌握攻擊的間距。

「繼承焰光夜伯（Kaleido Blood）血脈之人，曉古城，在此解放汝的枷鎖——！」

停下腳步的古城將右臂高舉至頭頂，濃密如狂風的魔力洪流從他全身湧現而出。那股驚人的壓力令大氣撼動，也讓雫梨臉色發青。

曉古城是第四真祖，率有十二頭強大眷獸的世界最強吸血鬼。

而現在，古城正要召喚據說可匹敵天災的第四真祖眷獸，為了拯救陷入困境的雫梨——

「快點住手，曉古城！」

雫梨用哀號般的聲音大叫。裝甲式神緩緩朝古城回頭。怪物以令人聯想到死神的詭異視線將渾身破綻的古城貫穿。

古城則瞪向鐵灰色的裝甲式神，然後把伸出的右手對準它。

「迅即到來，第五眷獸『獅子之黃金（Regulus Aurum）』！」

古城猙獰地露出獠牙吶喊。

原本無差別濺散的魔力集束於一點，構成龐大的幻獸身影——才剛這麼想，古城眼前的空間頓時如蜃景般扭曲變形了。

古城釋放的魔力就像洩了氣一樣，在冒出「啵」的可笑聲音後消失無蹤。

隨後，只剩下淒涼冷清的寂靜。

「呃……奇怪……？」

古城維持著英勇舉出右手的姿勢，從嘴裡發出困惑之語。眷獸召喚到一半無疾而終的事實卻沒有改變。

「你在做什麼啊！」

雫梨朝呆愣愣地杵著不動的古城開口大罵。

「沒、沒有啦，因為……」

古城不禁游移目光，支支吾吾地想要找藉口。於是他的視野忽然蒙上了陰影。一回神，鐵灰色裝甲式神的巨軀已經逼近古城眼前。

「你快逃！快啊！」

「咦？」

受到雫梨的叫聲觸發，古城急忙轉身背對裝甲式神。

然而，為時已晚。

裝甲式神以勢如砲彈的拳頭搗向古城背脊。

「唔……唔喔喔喔喔喔喔喔喔喔！」

古城的慘叫在最後變得潰不成聲。肉綻，骨碎，血沫飛濺。事情發生在一瞬之間，連痛楚都來不及感受。

「曉……曉古城……」

雫梨從唇間發出咕噥。可是，沒有人回應她的呼喚。

曉古城被破壞得不留原形，肉體已經消滅殆盡。他死了。

「不……不要啊啊啊啊啊啊啊——！」

雫梨的嘶喊迴盪於充斥血腥味的廢棄工廠。

她所握的長劍就像火焰一樣，詭異地搖曳起來，優美起伏的劍身被深紅光芒籠罩。雫梨的眼睛同樣染成深紅，然後……然後…………

2

古城再次醒來的地方，是上過漿的硬床單上頭。

消毒水臭味莫名其妙地混著洗髮精的芬芳飄來。

有個少女正趴在躺著的古城胸膛上打呼。

她仍坐在床邊的椅子上，大概是不知不覺中就睡著了。從藍色頭巾的縫隙間，雪白而不含一絲雜色的秀髮流瀉而下。

依舊無法掌握狀況的古城茫然環顧四周。

死氣沉沉的狹小房間。房間中央擺著床鋪，窗邊有淡綠色窗簾正在搖曳。床側的桌子上放了瓶裝礦泉水與杯子，還有古怪的醫療用檢查儀器。

仔細一看，從檢查儀器伸出的幾條管線就纏在古城的上臂。看來這裡要不是醫院，就是與其相當的醫療設施。

窗外仍然昏暗。差不多剛過拂曉時分吧。

「對喔……我……」

古城回想失去意識前一刻的情景，無奈地發出嘆息。他被所謂的十四式裝甲式神揮拳打中，一度喪失了性命。

身體被鐵塊壓扁的他，在變成零碎肉片後還能若無其事地復活，大概要歸功於吸血鬼真祖獨有的驚人再生能力。

世界最強吸血鬼這樣的荒謬頭銜感覺一點也不實際，但他似乎最起碼得承認自己是不死之身的事實。

「啊，城城，你醒啦？」

古城的病房房門被打開，捧著福利社紙袋的優乃走進房裡。

輕柔的棕色捲毛仍保持原樣，理應長在頭上的獸耳卻消失了。因為她解除了獸人化狀態。身上服裝也不是暴露度較高的格鬥服，而是學校規定的制服。

「不愧是世界最強的吸血鬼，好厲害的痊癒力耶。正常來講肯定沒命了……啊，你是剛剛才活過來的嘛。」

優乃用毫無惡意的語氣說完以後，就開朗地露出了微笑。古城連牢騷都無處發洩，只能鬧脾氣似的嘀咕：誰叫城城啊？

「這麼說來，裝甲式神呢？那頭怪物怎麼樣了？」

古城一邊慢吞吞地撐起纏滿繃帶的上半身，一邊問道。

「梨梨打倒它了喔。」

優乃指了趴在床上睡覺的雫梨，滿不在乎地回答。

「香菅谷……卡思子獨力打倒的？」

古城訝異地蹙眉。至少在他喪命前一刻，雫梨是被裝甲式神逼到絕境才對。感覺當時的狀況並無法輕鬆逆轉。

「班長的『炎喰蛇(Hauras)』是可以在砍中敵人以後，靠吞噬對方魔力來提升威力的魔劍——它可是聖團(Gisela)的祕蹟兵器，用於模擬戰的區區裝甲式神才不是對手。」

晚進來病房的琉威回答了古城的疑問。

琉威也換上了制服，給人的印象卻和戰鬥時差不多，只是讀書時才戴的眼鏡讓他變得更像模範生了。

「魔劍嗎……哎，那柄劍看起來確實挺昂貴的就是了……」

「嗯。話雖如此，因為在戰鬥實習的模擬戰中用了那種武器，我們這班(Team)被大幅扣分後還要接受補考。據說悔過書要在今天傍晚前交喔。」

琉威語帶苦笑地聳肩以後，擱下了帶來的成疊文件。擅自使用祕蹟兵器的檢討文，還有關於訓練中發生事故的報告書；住院費用的結算與傷病保險的申請；還有用來寫悔過書的稿

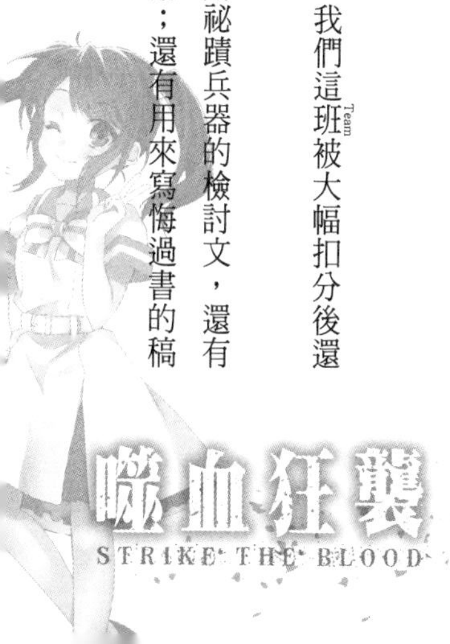

紙。那十幾張文件似乎全得在今天之內寫完。

基本上，那些文件有七八成都已經由琉威幫忙填好了。

「不好意思……呃，都是我害的。」

「沒辦法。曉同學，無法用眷獸又不是你的錯。」

「雖然我也有點想看第四真祖的眷獸耶～～好可惜。」

古城一臉嚴肅地道歉，琉威與優乃便笑著搖頭。

從他們幾個分到同班算起大約過了半年——這段期間裡，古城覺得自己老是單方面在給他們倆添麻煩。即使如此，他們還是把古城當同伴關心，他想感激也說不盡。

「啊，對了，之後你要跟班長說聲謝謝。在你活過來以前，她都一直陪在旁邊。」

「……她都陪著我？」

琉威這項意外的報告讓古城露出納悶臉色。雫梨的性子一絲不苟，因此古城以為自己拖累整個團隊，一定讓她氣壞了。

「梨梨好像滿沮喪的喔。她認為是自己害你死掉的。」

「卡思子會這樣……總覺得挺意外的耶。她用不著介意這種事吧。」

古城之所以會死，基本上原因在於他無視雫梨的指示，還自作主張衝到裝甲式神跟前。雫梨沒有任何需要自責的理由。

然而，實際看到雫梨在床邊睡著的模樣，她一直陪著古城這件事恐怕是真的。

「……你口中的卡思子到底是指誰啊？」

而雫梨用聽似還有點睡迷糊的低沉嗓音問道。不知道她是什麼時候醒的，古城等人的對話似乎都被她聽在耳裡。

「居然用那種字眼稱呼把你飛散的肉片收集起來，撿回醫療大樓的恩人？簡直太沒禮貌了，你這無能吸血鬼！」

「呃，沒有啦，可是香菅谷跟卡斯特拉叫起來都滿拗口的吧？」

「我叫卡思緹艾拉！卡、思、緹、艾、拉！」

雫梨把臉湊到古城眼前，並且一再強調自己的名字。鼻梁直挺的高貴五官，白淨皮膚，細長清秀的雙眸有長長的睫毛鑲邊，眼睛色澤則是讓人聯想到南國大海的濃濃碧藍色。

只要不講話，雫梨的臉蛋應該就跟人偶一樣標緻，然而她豎起柳眉、露出皓齒的模樣，反而像小動物似的讓人看不膩。感覺有如在應付脾氣高傲的貓。

「有那麼拗口的話，你要叫我雫梨也無妨，曉古城──不，古城。」

「啊～～……免了，那樣不太好啦。」

「你有什麼不滿嗎！」

好心讓步卻被人糟蹋，雫梨真的發火了。

優乃興趣濃厚地觀察雫梨那副模樣，還愉悅似的瞇細眼睛。

「呵呵～～」

「怎麼了，優乃？」

「沒事，感覺沒有什麼啦。不過，城城的屍體確實很恐怖耶～～連骨頭和內臟都看得一清二楚。多虧如此，我想吃烤肉了。」

「喂，住口。」

優乃輕率的發言讓古城忍不住打哆嗦。於是他肚子裡的餓蟲咕嚕咕嚕地低聲叫了起來。大概是聽見烤肉這個詞的關係，空肚子受了刺激。

「明明剛才還在生死邊緣，忽然就有力氣叫餓了？」

雫梨傻眼般嘆氣以後，用看似瞧不起的眼神看過來。

「囉嗦，復活會消耗體力啦！」

古城板著臉回嘴。實際上，他從昨天中午就什麼也沒吃，即使撇開肉體再生所用的能量，會覺得肚子餓仍是當然的。

「這個時間可以去學生餐廳。要去吃飯嗎？」

琉威語氣溫和地說了。擺在病房的時鐘指針正要走到上午七點——眾多住宿生會揉著愛睏的眼睛起床，並且動身前往學生餐廳的時段。

「是嗎？那太好了。」

古城伸了個大大的懶腰，撥開蓋著的毛毯準備下床。

一瞬間，他的肌膚感受到格外清涼開放的空氣。

「哇喔！」

優乃將原本就烏溜溜的大眼睛睜得更圓，還興致勃勃地盯著古城的下腹部。雫梨則是表情僵凝，全身繃得跟石頭一樣。

事到如今，古城才從她們的反應發現自己赤裸裸的。因為全身都纏著繃帶，他以為自己有穿衣服。恐怕是在全身被裝甲式神打爛時，本來穿的制服就已經報銷了。

「你……你在搞什麼嘛！無能吸血鬼——！」

雫梨被迫在極近距離下目睹古城的裸體，便反射性地揮出右直拳。

毫無防備地被人打到某個部位的古城，還有赤手摸到那個部位的雫梨，都在下個瞬間忘記他們待的地方是病房，同時尖叫出來。

3

盛夏之島——

放眼望去，四面皆由大海圍繞著的小小火山島。

島中央有整片岩層外露的山岳地帶，山腳則有整片樹海。

那座孤島被稱為恩萊島，總人口約六千人。近半數為魔族及其家人，或研究魔族的人員。恩萊島是為了讓魔族與人類和平共存的示範都市，在日本屬於唯一一座「魔族特區」。

「喔～～……景色真不錯～～……」

而古城正從恩萊島的山丘俯望海岸線，嘴裡還冒出悠哉的感想。

他所在的瞭望台標高約為海拔七百公尺。

眼底下可以看見港口、商店、市政府，還有以企業及大學研究所為中心的小型聚落。

在距離那些建築物較遠一點的地方，有座四周被高牆圍起來的教育設施。

國營攻魔高等專科學校，通稱「攻魔專校」——旨在培育攻魔師的完全住宿制高等教育機構。那就是古城目前的所在處。

時間是下午兩點多。亞熱帶的陽光雖烈，吹來的海風倒令人舒爽。

古城悠哉地靠在防止墜落的圍欄邊，享受著從山丘望去的美景。就在這時候……

好似要責備這樣的他，有聲音氣沖沖地從背後傳來了。

「我才在想你怎麼一直不見人影……曉古城！」

「唔，卡思子……！」

「你叫誰卡思子！我問你，你怎麼擅自在這種地方休息！」

雫梨身上穿著攻魔專校的制式體育服，還粗裡粗氣地指著古城罵。

她的呼吸會顯得有些急促，應該是因為一路毫不休息地在山路上跑。

攻魔專校上午的課程結束以後，雫梨就打著鍛鍊體力的名義，硬是把古城拉來野外，要帶他跑步到山頂。

「我也沒辦法啊！誰跟得上妳這種體力好得離譜的女生！還有，與其說我們是來跑步，這根本已經算爬山了吧！離山頂到底有幾公里啊！」

「說……說我體力好得離譜？會不會只是你自己身體虛弱呢！世界最強吸血鬼的名號傳出去都要蒙羞了！」

「妳本來就不應該逼吸血鬼在大熱天跑步啦！」

想害班員化成灰嗎？古城有些惱羞成怒地回嘴。雫梨瞪了嘴脣緊閉的古城片刻，最後卻死心似的大動作聳了聳肩。

「拿你沒辦法。休息只有十分鐘喔。」

「好、好啦。」

雫梨難得讓步，古城對此訝異歸訝異，還是安心地鬆了口氣。

古城在半年前的夜晚漂流到了這座恩萊島。

是雫梨發現差點在岸邊溺水的古城，並且救了他。

後來雫梨就自稱「監視者」，對古城的一切舉動予以管理。安排古城就讀攻魔專校，將其招收為班員的也是她。

她監視古城有兩個理由。

其一是古城失去了來到恩萊島以前的大部分記憶。古城只記得自己的名字，還有第四真祖這個頭銜。世界最強吸血鬼之力是怎麼獲得的？為什麼會倒在恩萊島的海灘上？——答案連古城自己都不曉得。

擁有強大魔力，對自己的過去與目標卻一無所知的危險吸血鬼，難怪會淪為受監視的對象。

雫梨監視古城還有另一個理由，那就是她身為聖團的修女騎士。雖然說雫梨目前仍在修練，但是配有祕蹟兵器「炎喰蛇」的她，可是連吸血鬼真祖都能誅滅的最強攻魔師。

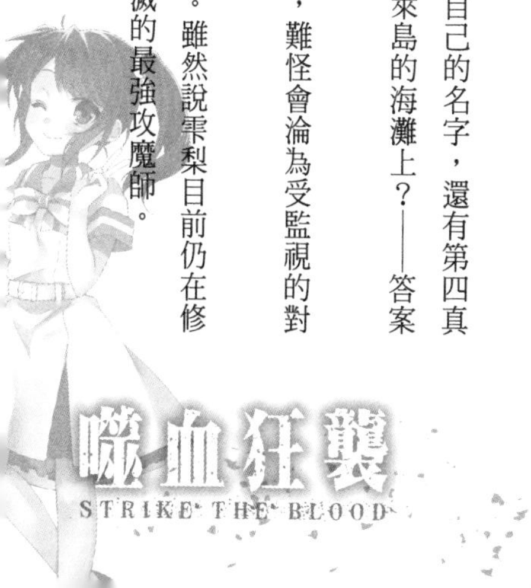

萬一古城失控，雫梨有能耐阻止他。為了防備最糟糕的情況，據說她甚至被允許除掉古城。總歸來說，古城在雫梨面前就是抬不起頭。

「對了，我剛才忽然想到，跑步或肌肉訓練對吸血鬼也有效果嗎？既然肉體不老不死，反過來講就是不會成長吧？」

雫梨認真地一個人做著伸展操，古城轉向她用懶散的語氣問了。

即使在這種時候，雫梨依然戴著頭巾。清純的頭巾搭配方便活動的T恤及短褲，儘管古城一開始覺得不協調，但也沒什麼好抱怨的。

面對古城的問題，雫梨有些納悶地眨眼回答：

「以『舊世代』吸血鬼的情況來說，體力確實並不會因為鍛鍊身體就能得到提升。」

「果然是這樣嗎！既然如此，我做這些不就完全白費力氣嗎？」

古城一臉愕然地回頭看向辛辛苦苦爬上來的險峻山路。

做運動這件事古城並不排斥，可是他沒興趣爬山。何況還有人斷言做訓練毫無意義。

雫梨卻看似嚴肅地搖頭。

「不，重點在於心態。只要透過修行鍛鍊心智，就能提升魔族的力量，進而對肉體造成影響。」

「……意思是肉體也會隨著自己的印象產生變化嗎？」

「對呀，那不僅限於魔族就是了。心思齷齪的人，外表也會跟著變得下流。你要學會痛改前非。」

雫梨用斜眼瞪著古城的下半身，幽怨地嘀咕。

露骨的尖酸話讓古城的太陽穴為之抽搐。

「妳對剛才那件事要記恨多久啊！基本上我可是被看的受害者耶！」

「是你自己要露給大家看的吧！」

「我又不是自願要露的！不然妳胸部之所以沒料，就是因為妳心靈貧脊所導致的嗎！」

「我、我才不會沒料！」

雫梨遮住T恤胸口，氣得滿臉通紅。實際上，她的身材絕不算差，不過跟嬌小又凹凸有致的優乃相比，體型較為平坦這一點便無法否認。

「……你為什麼要那樣做呢？」

深深發出嘆息的雫梨換了語氣問道。

「我就說不是故意的嘛。」

妳很煩耶──古城板起臉孔。然而，雫梨微微搖頭表示：「不是那件事。」

「我是指昨天的模擬戰鬥。你明明連眷獸都叫不出來，卻空著手衝到裝甲式神跟前。那樣等於主動去送死耶。在單純的戰鬥實習課程中鬧出人命，根本聞所未聞。」

「我自己也不曉得為什麼啦。」

古城無意識地從雫梨面前轉開目光，並且困擾似的吐露。

「不過，那時候我的身體是自己動起來的啦。總不能拋下妳，把妳一個人留在那種地方吧。」

「若你自己因此喪命，不就全盤皆輸了？」

雫梨傻眼似的回望古城，並用無動於衷的語氣告訴他。

「哎，話是這麼說沒有錯。不過……」

古城打住講到一半的話，表情尷尬地點頭。

由旁人看來，確實會認為古城的舉動有欠考慮才對。但他那時候是有把握的。他有把握能喚出第四真祖的眷獸，將裝甲式神摧毀。

古城不明白眷獸召喚到最後無疾而終的原因。與其視為召喚失敗，他認為那種不愉快的手感更像是遭到某種妨礙。感覺並非喪失力量，而是原本的能力被封鎖。古城失去記憶這一點，恐怕跟召喚失敗並不是毫無關聯才對。

「你來這座島以前的記憶還沒有恢復嗎？」

雫梨想的事情似乎跟古城一樣，嘀咕著問了一句。

「完全想不起來。」古城看似放棄地搖搖頭說：「我本來還期待一度死而復生之後，就會有什麼改變。」

「真是短視。」

雫梨動作誇張地捂住眼睛，並且嘆息。古城默默地撇嘴心想：要妳管。

「你理解到自己能力不足了，那訓練就再度開始嘍。」

「是是是。」

有雫梨在背後催促，古城只好又開始跑步。

他們目前差不多位於通往山頂那條路的中間位置。再往前空氣會變得稀薄，路途的險峻與坡度也會加劇。接下來才是真正的地獄。

「古城。」

古城很快就意興闌珊地開始爬有沙子冒出來的岩石地帶。這時候，雫梨卻忽然叫住他。

「啥？」古城存著戒心回頭，就看見雫梨帶著莫名緊張的表情，紅著臉站在那裡。

「你想救我的那份心意，我姑且接受。Grazie……謝、謝謝……」

雫梨態度生疏地單方面講完以後，就當著古城面前把視線轉開。她直接超越困惑的古城，逃避似的拔腿就跑。

「啊……等等！喂，卡思子！憑我一個人認不得回去的路啦！」

「欸，你叫誰卡思子！」

雫梨一邊朝追上來的古城破口大罵，一邊加快跑步的速度。

在陽光照耀的狹窄山路間，始終有兩人大呼小叫的聲音響起。

4

大盤子上盛著用大蒜奶油醬油炒過的雞翅。配菜有香辣口味的香菇、馬鈴薯與花椰菜，附餐是凱薩沙拉，主食則是西班牙風味的什錦飯。

「好好吃～～！」

豪邁啃雞翅的優乃發出讚嘆。

攻魔專校校地內，香菅谷班所住的老舊民宅地爐邊。完全住宿制的攻魔專校學生們原則上是以班為單位，在分配到的宿舍裡生活。

學生餐廳可利用的時段是早餐與午餐，而且僅限平日，除此以外要吃飯就得由學生自炊。經過嚴謹公正的抽籤，香菅谷班今天的伙食負責人是古城。

「城城在戰鬥實習派不上用場，廚藝卻很棒耶。表皮香香脆脆，裡頭鮮嫩多汁，感覺大蒜和醬油的比例抓得實在絕妙。」

「這道菜沒妳說的那麼誇張啦，只是用醬料醃一個晚上再烤罷了。」

派不上用場還真抱歉喔——古城板著臉孔，將冰麥茶端來。

「不過真的很好吃喔。你是不是在哪裡學過做法？」

琉威靈巧地剔掉骨頭縫隙裡的肉，佩服似的問。

古城沒有特別思考，搖搖頭說：

「呃，沒有啦。我在幫忙凪沙的過程中就無意間學會了……」

「凪沙？你說的是誰啊？」

「咦？」

琉威自然提出的疑問讓古城訝異地抬起頭。那是他無心間脫口講出的名字，然而在準備回憶對方是什麼人的瞬間，記憶就淡化消失了。

「啊……哎呀，不曉得是什麼人耶。」

古城疑惑地搔頭。平時他不太會注意，但就算心裡感到排斥，偶爾還是會像這樣被迫對本身失去記憶的事實產生自覺。如今連凪沙這個名字聽起來都只像陌生人了。

「哦～～這樣啊～～會不會是城城以前交往的女人呢？真讓人在意耶，梨梨。」

優乃大概是討厭氣氛變陰沉，就看似開心地笑著向雫梨尋求附和。

原本都在專心咬雞翅的雫梨猛咳了一陣。

「啥！妳問我嗎？為什麼？我才不管那種事情！」

「哦……這樣啊，原來如此，梨梨不會追究男朋友的過去，我懂了。」

「妳為什麼會那樣想！」

哪有什麼男朋友啊——雫梨面紅耳赤地大叫。她從小就一心一意以修女騎士為志向，對這種跟戀愛有關的玩笑話毫無免疫力。

「我只是以聖團修女騎士的身分監視第四真祖！反而還虎視眈眈地想伺機除掉他呢！」

「除掉他是嗎……」

古城捧著裝什錦飯的碗，臉上露出了消沉之色。他當然了解雫梨的立場，可是針對自己的殺機被重新強調，心裡難免不好受。

「你不用介意那些啦。危險度高過VI，被隔離至『魔族特區』的魔族會受到監視，並沒有什麼稀奇。雖然成為待除目標的案例不多就是了。」

琉威不忍心看古城滿臉沮喪，便打氣似的告訴他。

「再說只要拿到攻魔師執照從學院畢業，好像就可以自動解除受監視的身分。」

優乃也一邊咬著新的雞翅一邊這麼說。

畢業是嗎——古城自言自語地在嘴裡咕噥。

據說攻魔專校的學生共有四百人左右。整體而言大約有三成像雫梨與琉威這樣，屬於尚在修練階段的實習攻魔師，其餘則是獸人或吸血鬼之類的魔族。

魔族學生之所以多，是因為取得攻魔師執照就可以獲准入境本土。反過來說，在正式成為攻魔師以前，魔族都無法離開恩萊島。要說這套制度圖的是讓他們與人類共存，聽上去倒體面，然而實態是：「魔族特區」就是用來關魔族的牢籠。

基本上，就算被人稱為候補攻魔師，古城心裡也一點都不踏實。

單純是基於「不能放任第四真祖不管」這種理由，古城才會半被迫入學就讀，他並沒有立志成為攻魔師。

古城失去了記憶，在島外既沒有想去的地方，也記不起任何想見的熟人。或許正因為如此，他不太能認真看待攻魔專校的課程。

「宮住，你為什麼會想成為攻魔師？」

古城用認真的語氣問琉威。琉威是普通人類，聽說他的父母都是與攻魔師無關的研究人員。即使不以攻魔師這種危險的職業為志向，琉威還是能正常升學才對。

「我本來就對迷宮（Carceri）有興趣。一般人想進入迷宮，只有成為攻魔師一途。畢竟攻魔專校也是為此創設的。」

「迷宮？」

「課堂上應該教過好幾次不是嗎？難不成你已經忘了？」

古城一臉納悶地反問，雫梨便傻眼地瞪過來。古城連忙搖頭辯解：

「呃，不是，我記得啦。我都記得喔，那是恩萊島的聖域對吧？」

被稱為迷宮的區域，就是位於攻魔專校管理下的巨大天然洞窟。其內部充滿濃密魔力，據說會出現許多特殊現象。

「我只是不太明白，為什麼這座學校會想在校地正中央建設地下迷宮？也許以訓練攻魔師來說確實很方便啦。」

「那可就反了。」

雫梨大口吃著馬鈴薯，並且用認真的語氣說明：

「迷宮並不是學院準備的，而是打從一開始就存在於此處。攻魔專校還有『魔族特區』都是用來封印迷宮的產物。」

原來如此——古城感到信服。在封印危險地點的設施培育封印所需的人才——挺合理的判斷。

「記得迷宮裡有怪物徘徊對吧？」

感覺真像電玩遊戲中的地下迷宮(Dungeon)——古城這麼嘀咕。琉威語帶苦笑地點頭說：

「那叫破獸(Debris)。就算不想碰上也遲早會遇到，在戰鬥實習中。」

「實習啊……」

「下次別死掉喔，城城。破獸比昨天的式神強多了。」

「我又不是自己想送命才死掉的。」

古城被優乃刺激到昨天的心靈創傷，不禁愁眉苦臉。

優乃看他這樣就笑了笑，接著又忽然露出嚴肅神色。

「對喔，你們有聽說嗎？幽靈在迷宮出現的傳聞。」

「……幽靈？」

古城一臉傻眼地反問：現在何必談幽靈？會出現怪物的地下迷宮就算多了一兩個幽靈，感覺也不值得大驚小怪。

優乃卻壓低聲音，像在嚇古城一樣繼續說：

「聽說呢，那好像是非常漂亮的女幽靈喔。四班的男生上週有碰過，就在黑暗中被她狠狠一瞪，她還帶著哀傷的表情說：不是這裡。接著她好像就消失了。」

「搞什麼啊……亂恐怖的耶。」

古城打了個寒顫。不具知性的死靈（Undead）之類倒還好，假如那屬於對人間仍有留戀的地縛靈，古城也會覺得不敢領教。無論有沒有造成實質的危險，要是在探索迷宮時遇到那種東西，心裡應該不會太舒服。

「荒謬。反正那些男生應該在作夢吧，否則就是虛構或嚇唬人的。」

雫梨彷彿要打斷古城他們的交談，便口氣強硬地插話。

她那種反應使優乃賊賊地竊笑。

「哎呀，梨梨，妳嚇到了嗎？難道妳屬於怕幽靈的那種人？」

「我、我才沒有嚇到！要不然我現在就闖進迷宮裡，證明給妳看！」

雫梨臉色蒼白地起身，還把手伸向擺在旁邊的「炎喰蛇」劍柄。優乃「哦～～」地亮起眼睛說：

「啊，梨梨，小心背後！」

「唔呀？呀啊啊啊！」

受到恐懼驅使，回頭的雫梨就一面尖叫一面揮舞愛用的炎劍。

古城立刻趴到地上才免於遭殃，然後他抬頭看向淚汪汪的雫梨，偷偷嘆道：饒了我吧。

5

熄燈時間將近，古城溜出自己的房間。

他赤腳穿涼鞋，然後走出老舊的民宅宿舍。

夏季的天空不受任何東西遮蔽，滿天星斗散發著光芒。沒有街燈的路雖暗，身為吸血鬼的古城在夜裡仍可視物。他哼歌走在未鋪柏油的狹窄坡道上，爬完坡以後，就發現有道苗條的人影。是個戴著頭巾的白髮少女。

「咦，卡思子？」

「我才不叫卡思子！」

古城忽然出聲呼喚，讓雫梨嚇得肩膀發抖並回過頭。雫梨穿著紅豆色的運動服，看似不知所措地杵在無人煙的樹林入口。

「妳在這種地方做什麼？」

「沒、沒什麼。我有信想投郵筒而已。」

回話的雫梨右手上抓著樸素的白信封。信封的收件地址是用外文寫的，大概是要寄給她在海外的家人吧。

「我才想問，你要去哪裡？」

「我打算去買個飲料。」

古城說完指向遠遠可見的校舍。恩萊島上沒有便利商店這種二十四小時營業的文明設施，學校校地裡所擺的自動販賣機是學生們在深夜時段的唯一綠洲。

「總覺得口會渴。也許是雞翅的調味太重了。」

「是、是嗎？既然如此，反正我要去郵筒那邊，就順便陪你好了！」

雫梨亂興奮地說道。古城眼神狐疑地回望看似有些安心的她。的確，要說順便倒也可以，可是郵筒和販賣機的方向完全不同。對她來說，應該會繞相當遠。

說起來，雫梨為什麼會杵在這種地方發愣——

「卡思子，妳該不會是害怕一個人去郵筒那裡吧……因為天瀨跟妳講了幽靈的事……」

「說、說什麼傻話！我身為修女騎士，斷然不會畏懼那種虛構的傳言！我只是要盡到監視第四真祖的責——」

「我懂了啦！我懂，所以妳別在半夜裡大聲嚷嚷，會擾人安寧吧！」

「誰、誰教你含血噴人！」

雫梨大概是被說中了才心慌，一直拚命找藉口。話雖如此，攻魔專校校地被蒼鬱森林圍繞，在深夜裡著實陰森恐怖。連身為吸血鬼的古城都這麼覺得，雫梨會怕也不是無法理解。

「這麼說來，妳在半夜也戴著頭上那塊玩意兒啊。」

古城一邊散漫地走在森林中的碎石路上一邊問道。雫梨原本抓著古城的T恤下襬走路，有些氣悶似的捂住頭巾。

「你對我的穿著有意見？」

「要戴也可以啦，可是跟運動服不搭吧？再說好像挺熱的。」

「多管閒事。這塊頭巾是我身為修女騎士的證明。」

「是喔。總覺得有點可惜，明明妳長著一頭漂亮的頭髮。」

「啥？」

古城無心間的嘀咕讓雫梨訝異似的睜大眼睛。

「漂亮……？你說我的頭髮？」

「我是這麼認為。啊～……假如妳會介意，我向妳道歉。對不起。」

「不、不會……我並沒有介意……」

低聲咕噥的雫梨垂下目光，表情顯得不知該如何反應。而在下個瞬間，她撞到古城的背，並「呀啊」地叫出聲音。

「怎、怎麼了嘛！忽然停下來！」

雫梨捂著變紅的鼻尖，向停下腳步的古城抗議。古城卻什麼也不回應，因為映在視野一隅的奇妙景象奪走了他的心思。

夜晚的無人操場一角，兼為訓練設施的老舊木造校舍。在攻魔專校校地內，留有許多那種用來當成模擬戰場地的空建築物。

那座校舍染上了炫目的光芒，校舍裡充滿怪異的紫色火焰。陰森搖曳著的魔力火焰正從建築物底下噴發湧現。

紫色火焰從窗戶空隙冒出，立刻籠罩整座校舍。

「那是怎麼回事……！」

古城茫然嘀咕。隨後，轟然巨響讓大地產生搖晃。校舍牆壁承受不住火焰噴湧的壓力，因而炸開了。

樑柱及屋瓦逐漸崩塌，翻騰打轉的紫焰不一會兒就成了巨大的怪物模樣。

「沒有人會課後輔導留到這麼晚吧……？」

「哪有可能！」

古城語氣悠哉地咕噥，雫梨就用高八度的嗓音吼了他。

「假如是傳聞中的第四真祖眷獸倒還難說，就連攻魔專校的教官也使不出那種能炸翻整座校舍的魔法啦！」

「不然那頭怪物是怎麼來的！」

古城急得齜牙咧嘴地反問。

紫色怪物憑著用獸與蟲皆難以形容的身軀，將校舍的殘骸踹開了。

那模樣類似於吸血鬼眷獸，卻格外巨大，而且凶猛。何況它跟眷獸不同，並沒有認吸血鬼為宿主，表示它是不受操控的怪物。

「是破獸……」

雫梨擠出微弱的聲音嘀咕。古城警覺地倒吸一口氣。

「那就是破獸？破獸不是只會出現在迷宮深處嗎？它怎麼來到地面上的？」

「我不曉得！可是再這樣下去，城鎮就危險了——！」

「城鎮……？」

古城聽了雫梨彷彿被逼急才說出的話，總算也理解事態有多嚴重了。

紫色怪物出現的地方位於攻魔專校的校地邊緣。跨越六公尺高的圍牆以後，再過去就是恩萊島上供一般民眾居住的住宅區。

攻魔專校的圍牆設有結界以防止入侵。然而照那頭怪物的攻擊力，結界想必承受不了。

「香菅谷……靠妳的魔劍能打倒它嗎？」

「魔劍？你是指『炎喰蛇』？」

雫梨用納悶的臉色回望古城。間隔短暫沉默之後，她點頭。

「是的。既然破獸是魔力的聚合體，『炎喰蛇』肯定就能消滅它才對。」

「我明白了。那妳現在趕快回宿舍把劍帶過來。」

「你打算怎麼做呢？」

雫梨看似不安地仰望古城瞪著破獸的臉龐。

古城懶散地聳了聳肩並嘆氣。

「總不能讓那頭怪物走出學校吧，必須有人拖住它才行。」

「難道說……你想獨自對付破獸嗎！」

雫梨震驚似的反問。呃，不是——古城曖昧地搖頭回答：

「它鬧得這麼大，我想其他同學和教官也會立刻發現趕過來吧。」

大概啦——古城用不負責任的語氣斷言。雫梨則湊向他說：

「可是……！」

「我是世界最強吸血鬼耶，用不著擔心啦。何況我被碎屍萬段還是能復活，這在昨天已經得到證明了。」

「你……你究竟笨到什麼地步啊！就算肉體成功再生過一兩次，也不保證被破獸吃掉以後照樣能復活喔！」

「可是總不能對島上居民棄之不顧吧！」

唔——雫梨語塞了。古城是不死之軀的第四真祖，同時也是攻魔專校的學生。一般民眾的生命與古城的安全該以誰為重，道理再明顯不過。

「所以嘍，妳趕快回去拿劍。在那之前我會設法爭取時間。」

古城自信地在脣邊露出笑意，然後重新面向破獸。

「你可千萬別忘了自己說的話！」

雫梨轉身背對古城，朝老舊的民宅宿舍拔腿就跑。

包在我身上——古城毫無根據地撂下保證以後，逐步靠近破獸。

距離被火焰籠罩的校舍約四百公尺。距離如此之遠，破獸隨機灑落的魔力卻能明確地撼動古城的皮膚。對連眷獸都無法召喚的半吊子吸血鬼來說，它並不是能正面應付的對手。

「表示只能吸引那傢伙的注意，然後逃來逃去吧。」

古城近乎自暴自棄地釋出自己的魔力。來到攻魔專校大約半年的時間，他也學到最起碼的魔力控制方式了。

儘管如此，古城倒沒有學會什麼像樣的魔法，不過要挑釁破獸的話，光是這樣做就夠了。然而——

「什麼……！」

破獸轉動巨大的頭部，把目光朝向古城他們這邊。而在下一刻，紫色怪物就採取了出乎古城意料的行動。

它將全身化為紫色閃光跳了起來。

並非朝古城，而是衝著趕往宿舍的雫梨——

「不會吧！為什麼那傢伙把卡思子當成目標——！」

古城愕然地回頭。破獸化為閃光，推倒樹木，破土翻壞地追到了雫梨背後。古城沒有手段能予以制止。

「快躲，卡思子！」

「咦！」

古城的喊聲還沒傳到，察覺異樣氣息的雫梨已先停住。

而破獸再次化為野獸型態，用巨大的前腳掃向雫梨。

「卡思子——！」

絕望得皺起臉的古城大吼。怪物的一擊足以瞬間打碎龐大校舍。雫梨目前沒有武器，不可能接得住那一招。

「啊……」

紫色火焰散開以後，映在古城眼裡的卻是雫梨茫然地睜大眼睛杵在原地的模樣。在紫焰包圍下，她仍毫髮無傷地站著。

有道嬌小身影斬斷眷獸的攻擊，救了雫梨——

手持銀色長槍的黑髮少女。

那模樣美得超凡入聖，同時也十分駭人。彷彿目睹了非人世之物那樣恐怖。

破獸被她用長槍貫穿身軀，留下純白的光粒逐步消滅了。

少女的眼睛透過燃燒的紫焰餘燼，望向古城。

『終於……找到你了……』

她的唇間編織出不成聲的話語。那句話讓古城莫名其妙地產生強烈動搖。陌生的制服；陌生的少女。可是不知道為什麼，她的存在十分令人懷念。

「妳是……」

當古城想反問「什麼人？」的瞬間，少女的輪廓就模糊扭曲了。

她的身影像霧一樣變得朦朧，融於虛空中逐漸消失。

『……………』

少女在最後留下短短的細語以後，身影就完全消滅了。

現場只留下至今仍在燃燒的校舍殘骸、遭到破獸摧殘的林木，還有古城與雫梨。

「卡思子，妳還活著嗎？」

古城無奈地聳聳肩，叫了茫然若失的雫梨。

儘管雫梨的肩膀仍在微微顫抖，不過她還是堅強地調整呼吸點了頭。

「是的，我無恙。不過剛才那位女性到底是……？」

「誰曉得。搞不好是天瀨之前提到的幽靈。」

古城用打趣的口氣回答。

不應出現的破獸在地上現身，然後不應存在的少女將其擊斃。連破獸打算襲擊雫梨這一

點在內，盡是些無法理解的事情。

若有唯一的救贖，大概就是雫梨平安無事。

而雫梨冷冷地仰望古城，用無機質的嗓音問道：

「你……認識她嗎，古城？」

「不。」

我不認識——古城微微搖頭，閉起眼睛。

陌生的制服；陌生的少女。然而，有一絲宛如幻聽的聲音仍留在古城耳裡。

理應沒有聽清楚的那陣聲音正讓古城的胸口悸動。

她在完全消失以前，確實呼喚了古城。

用應該已經忘記的懷念嗓音——

叫他學長。

幕間 i

雨珠濡濕了少年的臉頰。南國特有的暖雨。

強勁的海風吹來，讓紅樹林的枝頭大幅搖晃。

近似夜晚幽暗的漆黑海面，碎骨般的純白沙灘。有個身上穿著灰色軍用連帽外套，長相平凡的少年，倒在兩者的邊界上。

他的服裝到處都被磨破了，還有看似遭到撕裂的大塊缺口。隱約沾到的紅黑色髒汙大概是鮮血流出的痕跡。

然而少年蓋在衣料底下的肉體卻看不到明顯傷痕，只有彷彿剛再生完畢的全新肌膚。

「嗚……唔……」

咕哇——少年痛苦似的吐出海水，猛烈地咳了一陣子。

滲淚的視野裡映著陌生孤島的景象。下不停的雨加劇其勢，少年急得皺起臉。

自己為什麼會在這種地方？他不明白原因，甚至連自己的身分也不明白。

於是忽然間，少年著實無心地把視線轉到了岬角的方向，宛如他從一開始就曉得隨後會發生的事。

「可總算找到你了，曉古城。」

伴隨踏在濕潤沙子上的腳步聲，有少女的聲音傳來。充滿戒心的冷漠嗓音。

睜開眼皮，苗條的身影映入眼簾。既像修女也像騎士，身穿奇特服裝的年輕女孩。

有特色的大眼睛看來好似添了一絲絲藍色，從頭巾縫隙流瀉出的髮絲色澤鮮明，白得在夜裡也一樣醒目。

「……曉……古城？」

少年困惑地回望女孩冷冷俯視而來的眼睛。那似乎就是自己的姓名，他無法立刻理解這樣的事實。

「難道說，你不記得？那應該是你的尊姓大名吧？『第四真祖』曉古城。」

少女有些煩躁似的蹙眉問道。

「我是……第四真祖……？」

「是啊。理當不存在的第四名『始源』吸血鬼。不死且不滅，不具任何血族同胞，不求支配，率有災厄化身之十二眷獸，只顧啜飲人血、殺戮、破壞，超脫世理的冷酷無情吸血鬼

——指的就是你喔，曉古城。」

「我是吸血鬼真祖……這樣啊……」

少年躺在沙灘上，望著自己的手掌。理應中斷的記憶好似在意識深處又接上了，他有如此奇妙的感覺。

「你可想起來了嗎？」

白髮少女不近人情地冷冷問道。哎——應聲的少年沒勁地微笑。

少年並未動搖。只不過，心裡有種近似飢餓的強烈焦躁，彷彿在恐懼自己忘了什麼重要事情的著急感，某種攸關性命的重要記憶。

「妳是什麼人？」

古城無意識地問了對方。霎時間，猶如既視感的強烈暈眩來襲。

沒錯——古城曉得答案是什麼。他曉得白髮滴下透明雨珠的修女騎士叫什麼名字。

「我的名字叫香菅谷雫梨‧卡思緹艾拉——」

少女拔出的劍尖像是受到了吸引，觸及古城的頸根。

劍身起伏如火的深紅長劍。砍中對手便可將其魔力吞為己用，聖團的祕蹟兵器「炎喰蛇」之刃。

「我是你的監視者。」

少女仍以長劍抵著古城，還用一本正經的語氣這麼告訴他。

古城默默地閉上眼皮。她所說的話似曾相識，在他的腦子裡迴盪好幾次。

然而那種曖昧的感覺似乎被雨聲掩蓋過去，一下子就消失了。

「……饒了我吧。」

古城不成聲的咕噥被拂曉前的天空吸走，逐漸消散。

第二章 迷宮之獸
Beasts Of The Dungeon

1

豔陽灑落，和式風格的華麗陽傘在海灘留下濃濃影子。

陽傘正下方擺了看似昂貴的藤編涼椅，上頭優雅地躺著穿泳裝的年輕女子。

金色的髮絲色澤偏暗，而且也許是保養不周的關係，髮根附近呈現些微的漸層色彩。雖然姿色絕不算差，倒也稱不上任何人都會回眸一顧的美女，彷彿掛在嘴邊的淺淺笑意使她有種不太能信任的氣質。

另一方面，女子的身材極為出色。豐滿又婀娜多姿的胴體就像要展現給旁人欣賞，被剪裁大膽的原色比基尼包覆。假如肩膀上沒有披著白袍，大概沒有人會相信事實上她就是攻魔專校的教官。

她名叫真賀齋禍子。

國營恩萊島攻魔高等專科學校十四班——通稱香菅谷班的班任教官。

「打擾您了。」

身穿制服的香菅谷雫梨正經八百地朝禍子喚道。禍子將遮住半張臉的太陽眼鏡隨手一挪，回望立正不動的雫梨。

「唷，是妳啊，香菅谷雫梨・卡思緹艾拉。那塊頭巾看起來還是一樣熱。妳要不要也換上泳裝？感覺有一套剛好適合妳穿——」

「心領了。我還得上課。」

「那可真遺憾。」

禍子露出著實失望的表情，接著就把看起來幾乎和繩帶無異的超小比基尼收進白袍口袋。妳怎麼會認為那種不檢點的泳裝適合我啊？雫梨心裡湧上想認真逼問班任教官的衝動。

雫梨設法克制住內心的動搖，盡可能面無表情地發問。

「真賀齋教官，現在方不方便占用您一些時間？」

「行啊，沒問題，歡迎。妳有什麼事？」

「是關於昨晚第八演習校舍那件事。我應該已經將報告呈給您了。」

「第八演習校舍……喔，那個啊。」

禍子從茶几上拿起冰涼的熱帶雞尾酒吸了一口。

酒精味隱約飄來，雫梨不由得板起臉孔。

即使如此，雫梨仍沒有抱怨，這是因為她認同禍子的手腕。

儘管禍子的值勤態度這麼不正經，身為魔法師的實力卻高人一等。就算在強者雲集的教

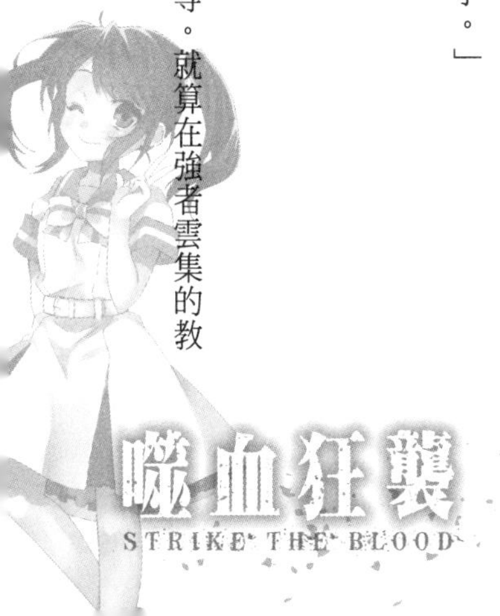

官陣容中，她仍是無庸置疑的第一人。

預言失憶的曉古城會漂流到恩萊島，還吩咐雫梨把人帶回來並予以監視的也是禍子。古城能順利獲准進入攻魔高校就讀，跟禍子自願擔任他的教官應該也不是毫無關聯。

「我當然讀過報告了。」

斜拿雞尾酒杯的禍子淡然說道：

「破獸出現在地上這項情報，說來有些令人難以置信呢。何況妳還表示是幽靈少女救了你們。」

「可是……！」

雫梨急著想辯解，禍子隨手一舉制止了她。

「我並沒有懷疑妳的報告喔。有幽靈的傳聞在學生之間流傳這一點，我們也已經有所掌握。至少演習校舍就實際被破壞了。」

「是的……」

雫梨不甘不願地點頭退讓。禍子望著這樣的她，不知道在樂些什麼地露出了微笑。

「再說，目前我們學校並沒有學生使得出破壞力如此可觀的魔法，包含妳——香菅谷雫梨・卡思緹艾拉在內，我有說錯嗎？」

「不。」

應該就是那樣吧——雫梨心想。雖說是上了年紀的木造建築，校舍終究是校舍。建築物規模及牢靠度與普通民宅沒得比，光用一發魔法就要將其轟倒，人類施術者不可能辦到，獸人與吸血鬼當然也不可能才對。

是的，尋常的吸血鬼辦不到——

「唯一的例外就是曉古城吧。憑第四真祖眷獸之力，大概可以輕易毀掉一兩棟校舍。」

「曉……曉古城並不是凶手！」

禍子話還沒說完，雫梨就反射性地喊了出來。哼哼——禍子越顯愉悅地瞇起眼，雫梨則紅著臉搖頭。

「呃……我的意思是破獸出現時，他就在我的監視之下。再說，他目前根本召喚不出眷獸。」

「我信任妳，香菅谷雫梨・卡思緹艾拉。」

禍子把雞尾酒杯擺回茶几，緩緩地撐起上身。傲人的豐滿胸脯強調出乳溝，雫梨不禁被嚇倒。

「不過根據報告書來看，事件應該發生在深夜，妳跟曉古城兩個人是在做些什麼？」

「啊……？」

雫梨摸不透班任教官提問的用意，愣愣地眨了眼睛。禍子則露出壞心眼的賊笑，興致勃勃地望著這樣的雫梨說：

「事發現場在演習校舍，那附近是既陰暗又不會被人瞧見的安靜地方呢。」

雫梨聽懂她提問的用意以後，便語塞地驚呼：啥——

「我……我只是以監視者身分與曉古城一同行動，萬萬沒做過任何虧心事——」

「不不不，我是在佩服妳對任務所付出的熱忱，並沒有懷疑你們之間有什麼不純的行為喔。」

「那當然！」

雫梨滿臉通紅地回嘴。身為修女騎士，她是在只有女人的環境裡長大，對於這種玩笑話極端缺乏抗性。

禍子看雫梨氣急敗壞，便出聲笑了一會兒。

「非常好。那麼，我要交派新課題給忠於任務的你們。」

「您說……課題嗎？」

禍子終於講出像教官的話，雫梨則猜疑心畢露地朝她望了回去。

「先前的戰鬥實習還沒有補考完畢，所以就用這代替。」

禍子煞有介事地補充說道。先前的戰鬥實習，應該就是指古城喪命的那次模擬戰。由於雫梨不小心用了違反規定（Regulation）的祕蹟兵器「炎喰蛇」，實習的學分便無法得到認可。

「是。不過，您提到的課題是……？」

雫梨莫名感到不安而提出疑問。

禍子懶洋洋地托著腮幫子，和氣地笑道：

「我要你們探查迷宮。」

「咦！」

雫梨嚇得睜大眼睛。

「請等一下。我們這班還不到足以潛入迷宮的等級啊。」

「妳這就謙虛了。天瀨優乃擔任斥候的能力屬A級，格鬥方面也有校內第四的實力；宮住琉威則是宮住咒工的接班人，更是學年榜首的秀才，含國中部時期在內，迷宮探索經驗達二十次以上，早就算老手了。」

禍子一邊扳著指頭數一邊糾正。

「再加上妳這個帶著祕蹟兵器的修女騎士，即使在我們學校裡，我想妳這班的實力仍然可以排到前五名。」

「我、我們這班有曉古城在啊。以攻魔師而言，他還是跟外行人一樣！」

「哦，妳擔心自己監視的吸血鬼？」

「即、即使他只是監視的對象，如今也成為我們班的一分子了啊！」

儘管雫梨講話結巴，面對禍子像在逗弄人的質疑還是立刻予以反駁。

真替伙伴著想呢——禍子誇張地表示佩服。

「用不著擔心，他不會死的。」

「因為他是第四真祖嗎？」

「嗯，對啊，那也是原因。」

禍子含糊地回答。號稱不死不滅的吸血鬼真祖具備異常再生能力，雫梨對此也有深切體會。古城被裝甲式神打成肉片以後，在當天就輕鬆復活給大家看了。凡人自然不用說，連「舊世代」吸血鬼都無法模仿那種把戲，可怖光景堪稱眾神遺下的咒詛。

「他是世界最強的吸血鬼，原本在我們學校應該位於比任何人都高的層次。」

禍子露出若有所指的笑容說道。

「可是，曉古城目前沒有過去的記憶啊。現狀是他連吸血鬼最起碼要有的能力都沒辦法好好發揮耶。」

「既然如此，那更需要改變環境，試著給他不一樣的刺激吧？好讓他取回記憶。」

「或許話是這麼說沒錯……」

找不到否定的根據，雫梨講話便失去力道了。

雫梨和曉古城在恩萊島海岸認識，大約已過了半年。有關他的真相，清楚的實在太少。

曉古城對於咒術及魔族只有相當於常人的知識，更令人傻眼的是他連自己為什麼會成為吸血鬼真祖都不明白。

照這樣監視下去，古城的記憶會不會還是無法恢復——雫梨自己感受到如此疑問並不是一次兩次的事情。

禍子冷冷地點頭，壓低了聲音。

「換個方式想，這將是辨明他真面目的好機會。假如那個曉古城是正牌的第四真祖，入侵迷宮或許就能讓他露出本性。萬一妳到最後發現他的存在會對世界造成危險——」

「到時我會斬了他。」

雫梨用不具感情的嗓音如此回答。禍子像是感興趣地瞇起眼。

「沒錯，那是妳的任務。不過妳真的下得了手？」

「何必問這種笨問題。我畢竟是領有『炎喰蛇』的聖團修女騎士。」

雫梨無意識地用手碰了腰際的劍。

砍中對手便可將其魔力吞為己用的「炎喰蛇」，恐怕是唯一能誅滅吸血鬼真祖的武器。

既然雫梨繼承了這項武器，就有義務除去危險的魔族，哪怕對方是重要的班員亦同。

「答得不錯。」

看似在笑的禍子吐了口氣。

「課題的詳細內容之後再聯繫。記得在今天內完成進迷宮的準備。」

「我明白了。」

雫梨正色敬禮，然後掉頭就走。

等到看不見她的背影，禍子便將手掌伸向半空。半透明的螢幕在她眼前浮現了，螢幕上映著雫梨所寫的報告與幾張照片。遭到破壞的校舍，以及詭異發光的破獸，還有穿著陌生制服的少女照片。

「雪霞狼……使用那把可恨長槍的人出現了啊……比想像中要早呢……」

少女如幻影般不鮮明的身形讓禍子揚起了單邊嘴唇。分不出是憤怒或嘲弄的奇特情緒從她眼裡一閃即逝。

「儘管白費力氣掙扎吧，別礙到我的工作就好。」

被炫目陽光照耀的沙灘上冒出充滿憎惡的微微笑聲。

不久，禍子用粗魯得好似要把東西捏爛的動作將眼前的螢幕消除。

2

「泛用咒符、人工鬼火（Instant Wisp）、護身用結界、閃光彈、手榴彈、塑膠炸藥、引爆裝置……」

看似陰暗倉庫的建築物裡頭響起雫梨唸清單的聲音。

設計詭異的店面讓人聯想到軍火商或黑幫武器庫。陰暗通道兩側有占滿整面牆的巨大棚架，商品密密麻麻地堆到接近天花板。

陳列出來的商品涵蓋危險的武器彈藥、用於咒術的特殊觸媒，還有日用品、衣物及口糧，生活所需的物資一應俱全。這裡是攻魔專校的福利社（PX）。

「短刀、繩索、繩環、繩梯、地圖、羅盤、醫護包、通訊器。」

「…………」

古城照著雫梨的吩咐，把商品陸續塞進購物車。原先那一台早就滿了，第二台的置物籃也塞得滿滿的。

他們倆會來福利社，目的是要替明天的迷宮實習採買裝備。在廣闊的迷宮裡調查往往要花好幾天，攜帶的行李就會隨之變多。不只需要預備的武器以防長期戰，口糧、飲用水與露營用裝備也都是必須的。話雖如此，要是毫無計畫地增加行李，所添的重量也會讓機動性變低落，搬運消耗的體力也不可小覷。迷宮實習要帶的裝備得精打細算地讓質與量達到均衡。

即使如此，雫梨翻閱清單的手仍沒有停。

「攜帶口糧、飲用水、手帕、衛生紙、手巾、毛巾。」

「…………」

「零食、香蕉、喉糖、紅茶、燒水壺、茶杯、茶壺——」

「夠啦啊啊啊啊啊啊啊——！」

古城打斷找商品的雫梨，大聲吼了出來。他毫無預警的奇怪舉動讓雫梨目瞪口呆。

「忽、忽然大叫是怎麼了？」

「行李未免也太多了吧！這些全都由我一個人拿嗎！」

古城指著滿載商品的購物車嚷嚷。雫梨理所當然似的予以首肯。

「自然就是這樣嘍。總不能讓擔任前衛的優乃與我扛著行李戰鬥，宮住同學應該光帶自己的裝備就騰不出空了才對。由戰鬥方面派不上用場的你替所有人拿行李，理論上是合情合理的總結。」

「我對負責拿行李這件事沒意見啦！不過凡事總有個極限吧！這些全部裝進去不就超過六十公斤了嗎？恐怕比妳的體重還重！」

「哪、哪有什麼恐怕，我的體重本來就不到六十公斤！」

「把衣服和劍算進去，要超過那個數字很容易吧！」

「才、才沒有！」

雫梨莫名其妙地賭氣，拚命開口反駁。古城則生厭地搔頭說：

「隨便啦，那種小事無所謂，我在叫妳減少行李！」

「那、那種小事？無所謂……？」

「說起來，清單裡為什麼要把零食跟香蕉還有喉糖分開列項？基本上，茶壺和茶杯又是要幹嘛的？」

「你不曉得嗎？那是用來泡紅茶的器具啊。」

雫梨「哎呀呀」地把手湊在下巴，輕蔑似的低頭看向古城。我不是在問妳這個啦——古城氣歪了嘴。

「就說了妳為什麼非得連那種東西都帶進迷宮！喝水將就啦！」

「不可能。縱使在作戰行動中，還是要重視舒展身心的時間才行。」

「什麼道理！妳是貴族嗎！」

古城準備對不改主張的雫梨大發牢騷而吸氣。就在此時——

「趴下！」

他被雫梨粗魯地推倒，摔在硬梆梆的地板上。

「怎、怎麼了？」

「噓！安靜！」

雫梨硬是按住古城想要抬起來的頭。她看著福利社窗外——戶外的飲食區。被樹叢擋住

的不顯眼的長椅上坐著熟面孔的學生——同為矮個子的一對男女。

「那是……天瀨和宮住嗎？」

「……是啊。」

古城與雫梨確認過兩名同班（Party）伙伴的身影以後，便看向彼此的臉。

長相和氣的棕髮少女，與長相端正有如模範生的少年。肯定正是優乃與琉威。他們倆肩並肩坐在一塊，手裡各拿著霜淇淋在舔。

他們的舉動當然並沒有什麼問題。因為這是迷宮實習前一天，香菅谷班獲准不必上課。只要完成實習的準備，接下來想在哪裡做什麼都是自由的。當然這是指在不違反公序良俗的範圍內。

「……！」

琉威用食指抹掉優乃沾在臉上的霜淇淋，而優乃含住他的手指舔了舔。雫梨目睹前前後後的過程，驚訝得倒抽一口氣，肩膀發抖。

「霜、霜淇淋……沾到臉上……還、還舔掉……」

「這樣啊……原來他們兩個是那種關係……」

古城對於男女情事絕不算敏銳，可是看了剛才那模樣，也實在不可能對那兩個人的親密關係渾然不覺。尤其是琉威，他平時的言行舉止都有股酷勁，打情罵俏時的落差就特別明顯。倒不如說，或許就是因為他夠酷，才敢毫不害臊地在戶外打情罵俏——

「……欸！等等，卡思子！妳想做什麼！」

古城發現雫梨忽然使勁站起來，便立刻捉住她的手腕。

雫梨粗魯地甩開他的手說：

「我要去阻止不純的異性交往！」

「喂，白痴！住手啦！那樣未免太尷尬了吧，雙方都一樣！」

香菅谷班會出現存續危機喔——古城說著便架住雫梨。

「如果優乃懷孕了，你打算怎麼辦！身為班長，我不能坐視不管！」

「妳傻了嗎！只是舔手指頭，不可能會那樣吧！難道說，妳到了這個年紀都還不懂懷孕的機制嗎……」

「我起碼也懂性交的方式啦！」

血氣衝腦的雫梨連旁人眼光都不顧就大叫出來。她的怒罵聲在通道迴響，福利社裡面的其他學生與職員都一起轉頭關心出了什麼事。

雫梨察覺到他們的目光，頓時回神僵住了。古城連忙將她緊靠著自己的身體放開。

為了粉飾現場局面，古城環顧四周，然後目光便意外停在眼前陳列的盒裝食玩。那是重現動畫角色外型的可動式人偶。

「哎、哎呀～這是矽膠（註：音似性交）做的耶。最近的食玩真精巧，作工真好，連細部都有顧到！」

「是、是啊，這個關節的構造好精巧喔！而且是矽膠做的耶，既精密又巧妙！」

古城與雫梨高高舉起盒裝食玩，還刻意似的扯開嗓門稱讚。或許是這招見效，福利社的顧客們好像就對他們失去興趣了。

等福利社裡的氣氛冷卻以後，古城才把盒裝食玩擺回架上。經過剛才的風波，雫梨似乎也就恢復冷靜了。

「……我問妳喔，妳是在嫉妒天瀨他們嗎？」

古城低頭看著洩氣地蹲下的雫梨，戰戰兢兢地問了她。

雫梨有些傻眼地挑眉說：

「才不是那樣。只是他們兩人什麼都不肯跟我說，讓我受了刺激而已。」

雫梨說著便軟弱地嘆氣。古城帶著苦笑搖頭。

「嗯，那也沒辦法吧。要討論感情事，感覺妳就幫不上忙嘛。」

「為、為什麼！」

雫梨用愕然的臉色看古城。古城認為雫梨打著修女騎士的名號，並不適合當討論對象，這對她來說似乎是動搖人格根基的重大指謫。

「呃，也沒有為什麼啦，感覺妳根本就沒有戀愛經驗啊。」

「啥！」

「哎，就算有，頂多也就小學生等級吧。」

古城盡可能挑委婉的修辭方式，並且道出他對雫梨的客觀印象。儘管雫梨屈辱得臉頰抽搐，卻好像無法反駁。

「要、要不然你呢！難道你有喜歡過什麼人的經驗嗎！」

「喜歡過什麼人……嗎……」

雫梨惱羞成怒的質疑讓古城感到有點困惑。

一瞬間，懷念的少女容貌像閃光一樣在古城腦海中復甦。那陣幻覺立刻就雲消霧散，再次消失於記憶深淵，只留下一絲心痛。

「……古城？」

雫梨的呼喚聲傳來耳邊，使得古城的眼睛重新取回焦點。她不安地仰望著古城沉默不語的臉。

「哎，不行。我還是什麼也想不起來。」

古城笑著搖頭，用格外輕鬆的語氣說道。

雫梨卻愁眉不展。她緊咬嘴脣，好像對自己講的話感到很後悔。

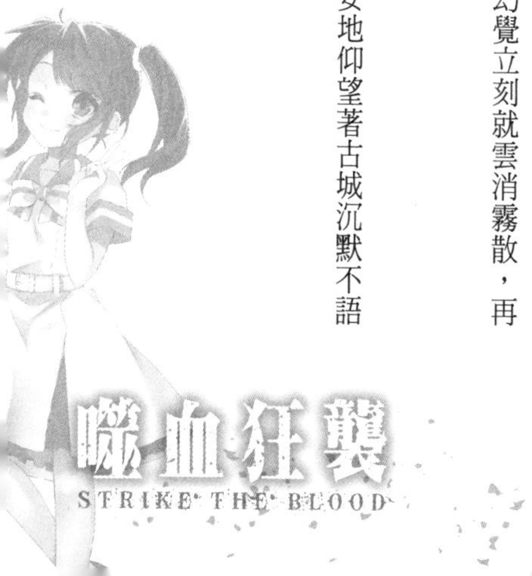

「對不起……我對失去記憶的你講了過分的話。」

「妳不必介意啦，卡思子。不過謝啦。」

古城說著便抬起手臂，把手輕輕擺到垂頭喪氣的雫梨頭上。這是彷彿在安慰沮喪小朋友的無心之舉，然而在那個瞬間，雫梨卻恐懼似的將全身縮成一團。

「……卡思子？」

「沒、沒事！」

雫梨捂著頭巾後退，還用發抖的聲音這麼說。接著，她臉色蒼白地露出僵硬的笑容，就把購物清單硬推給古城。

「剩下的交給你了。因為我想起有急事要處理——」

「啊，喂……！」

古城茫然目送逃也似的離去的雫梨。

留著的只剩長上加長的購物清單，還有滿滿兩台購物車的商品，無論如何都不是一個人搬得動的分量。

「這些行李要怎麼辦啦？」

真是的——古城微微咂嘴，軟弱地仰頭向天。

3

「所以嘍，這就是迷宮的全貌，雖然說到底只是已知的範圍。」

真賀齋禍子一副在泳裝外面披了件白袍的離譜模樣，在大岩石上盤腿而坐。有攤開的卷軸型舊電腦裝置擺在她的腿上。

電腦螢幕秀出了３Ｄ繪製的洞窟面貌。

洞窟直徑平均約為八九公尺。與其說迷宮，感覺那巨大的空間更適合稱為大型地底洞。洞窟裡分歧複雜，據說總長度在一百公里以上。某方面而言，要說這座大空洞才是恩萊島的真身也不為過。

探索那座大空洞，就是隸屬香菅谷班的古城等四人在今天被賦予的課題。

「跟我想像中差滿多的耶。」

古城探頭看向禍子手邊，說出老實的感想。迷宮的全貌在攻魔專校也被當成機密，他本身是頭一次實際看到這些。

「我想也是。遠東最雄偉的巨大洞窟與熱帶雨林，外加人工地下建築物的複合體。景觀相當壯麗吧？」

禍子回望背後的洞窟入口，得意似的揚起單邊眉毛。

大空洞的入口只有一處，就落在恩萊島中央聳立的火山山腰。開在岩層上的巨大裂縫充滿著堪稱地獄之門的魄力，確實壯觀。

「感覺找觀光客來生意會很好呢。」

優乃一邊重綁手甲的繩子，一邊悠哉說道。

她今天的服裝是大膽暴露出全身各部位的女忍者式戰鬥服。布料面積小，似乎是重視獸人化時的靈活度甚於防禦力的結果。

「那實在有困難吧。」

扛著狙擊用步槍的琉威溫柔地苦笑並搖頭。

與輕裝的優乃呈對比，他穿著頗為可觀的重武裝。近身戰鬥用的突擊卡賓槍與大口徑手槍各兩把，裝填的皆非訓練使用的模擬彈，而是專門對付魔族的高膛壓彈藥。樣式近未來的戰鬥服似乎是刻有咒術迷彩的最新試作品。

另一方面，古城的服裝跟平時一樣，穿的是學校規定的制服與舊的軍用連帽衣。儘管他對感覺不像同班同僚的壓倒性落差不太能釋懷——

「會那樣說，是因為這裡屬於『魔族特區』嗎？」

「你指的是要維護祕密？那當然也是因素之一啦。」

琉威對古城提出的單純疑問含糊帶過。捧著電腦裝置的禍子代替他繼續說明：

「迷宮最深處存在真面目不明的巨大魔力源，從中流出的魔力充斥於內部。結果便造成迷宮中的生態系進化異常，我們擁有的常識可說幾乎無法通用。這地方危險得沒話說喔。」

「把學生丟進那種地方行嗎？」

「你們應該能順利突破啊。只要是我們攻魔專校的學生就可以。對吧，香菅谷同學？」

「是、是啊，當然了。」

雫梨忽然被禍子點到名字，便慌張地急著回答。昨天在福利社發生那件事以後，感覺上她恍神的情況變多了。古城並非不在意，然而他也沒有餘裕關心雫梨。

「可是我在攻魔專校的實習就差點沒命了耶……」

「的確，迷宮內有許多未知的部分，無法斷言絕對安全也是事實。希望你們對魯莽的行動加以嚴律。」

禍子回望不安地嘀咕的古城，並且難得地收斂表情。

「為求方便，我們將迷宮分為七個階層。第七階層是最深處，沒有人到達這個階層還能活著回來，以目前而言。」

「……原來如此。」

古城看向禍子所指的地圖，微微點了頭。呈階梯狀逐步變深的地下空洞中，最底層的部

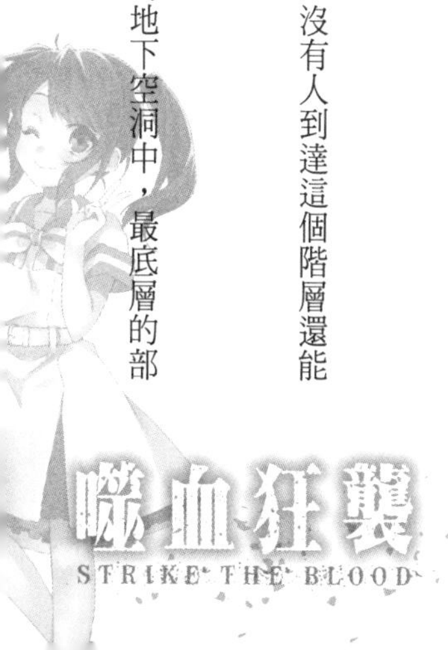

分幾乎空白一片，對攻魔專校的教官們來說也是未知領域。

「第六階層是破獸的巢穴，已知遇到破獸的機率極為頻繁，魔力濃度也超乎尋常地高，連想保有意識靠近這一層都有難度。因此，第五階層就是人類實際上可以抵達的最底層。」

「第五階層有什麼？」

古城朝繼續說明的禍子發問。雫梨他們之前有過幾次調查迷宮的經驗，當然早就具備最起碼的迷宮相關知識。換句話說，禍子的講解只有針對古城一個人。

「這個階層是用來封鎖破獸的防波堤。為防止它們入侵，設有城牆般的結界。『魔族特區』應該有近六成的經營預算是用在維護這道結界，設施的重要性可見一斑。」

禍子隨口道出恐怖的事實。迷宮內部的結界花了「魔族特區」過半的預算來維持。反過來說，那也代表不展開如此強大的結界就無法封鎖破獸。

「當然了，這道強力結界對人體多少也會造成影響，對於像你這樣的魔族尤具致命性。我會建議你別隨便靠近。」

「承蒙妳的忠告，不勝感激。」

古城挖苦似的答謝禍子輕描淡寫的說明。哪裡哪裡——禍子滿意地笑道：

「多虧有這道結界，到第四階層為止的領域相對安全。既有企業的研究設施，也有研究員常駐於此。畢竟對魔導技術研究者來說，這就像夢寐以求的環境。」

「……研究設施？原來迷宮裡有那種東西？」

「算是比測候所強一點的小型觀測基地就是了。守備那些據點也是攻魔專校的工作。」

禍子告訴訝異的古城。大多數基地都是無人據點兼為學生們的避難所——她順口補充。

「第一階層到第四階層的區別，主要在於地形與破獸出現率的差異。至於個別的特徵，你可以親眼去確認。」

「照妳這樣說，表示比第四階層高的地方也會有破獸出現嗎？」

「第五階層的結界就像網目大的網，無法完全防止小型破獸漏網而出。因為網目變小，結界承受的負擔就會相應提高。」

「於是狩獵那些突破結界的小型破獸就成了我們的課題。」

接著替禍子說明的雫梨悄悄地碰了劍鞘。雖然有過度逞強之嫌，那份自負仍符合她一絲不茍的作風。

「居然把這種危險的差事推給學生啊……」

「攻魔專校的學生能夠得到寶貴的實戰機會，『魔族特區』則可以節省經費。這就叫相輔相成。」

禍子對生厭地嘀咕的古城坦然相勸，並伸手在白袍的口袋裡摸索。不久，她掏出了一塊尺寸放在掌心剛剛好的電子器材。

具弧度的長方體讓人聯想到大塊橡皮擦，黃色塑膠製外殼附有用來掛在脖子上的繫繩。

「這個是？」

「進迷宮專用的配給品。」

「感覺……好像小學生用的隨身警報器耶。」

古城看著收下的黃色電子器材，失望似的喃喃自語。那種造型讓就讀專校的候補攻魔師帶在身上，總覺得挺難為情。

會嗎——禍子卻看似意外地搖頭說：

「萬一在迷宮裡感覺有生命危險，你就用力把繫繩拔出來。教職員聽見警報聲，會立刻趕去現場。」

「實際上根本就是警報器嘛！」

器材的功能與外觀所見太過一致，古城不禁渾身無力。把這個黃色警報器掛在脖子上走動，一看就知道是菜鳥，感覺怪丟臉的。

禍子壞心地露出賊笑說：

「在魔力濃度高的迷宮內部，構造複雜的魔法裝置會有誤啟動之虞。像這種單純的道具反而可靠。」

「或許話是這樣說沒錯啦……欸，這玩意兒就只有一個?卡思子他們的份呢？」

「不需要。除了你之外，每個班員起碼都能自己保護自己。」

雫梨不講情面的冷漠評語讓古城氣得咬牙嘟噥。說來說去，雫梨他們似乎也覺得這種新手用的隨身警報器很丟臉。

「會把這種東西交給我，表示真賀齋教官沒有要一起進迷宮？」

「叫我禍子美眉。」

禍子像是在跟發問的古城打哈哈，還用讓人分不出是說笑還是認真的語氣說道。

「由教官帶隊有損學生的自主性啊，迷宮實習只由學生進行是攻魔專校的傳統。難不成你會怕嗎？」

「呃……也不是說怕或不怕啦……」

根本連迷宮有什麼樣的危險都不懂才是問題——古城如此認為。話雖如此，就算穿著泳裝、白袍與海灘鞋的禍子肯一起來，古城倒覺得她那身對勤務藐視至極的裝扮只會添麻煩。

「無須擔心，古城。只要裝備齊全，我們香菅谷班才不會遜於區區破獸。」

雫梨大概是想對古城表示一下關心，便毅然地斷言挺胸。

「就是這樣嘍。不要緊，我會連曉同學一起支援。」

琉威毅然地對雫梨沒多大根據的發言表示贊同。他帶著一如往常的溫和表情，把右手朝古城伸過來。

古城覺得琉威這樣的舉動意外地令人放心，並握了他的手。

優乃把雙手疊到那上面。

「大家同心協力吧。城城也是，我會期待你幫忙拿行李。」

被優乃用未必是在開玩笑的口氣一說，古城的笑容就僵掉了。因為他想起自己接下來得揹著四人份的笨重行李進迷宮。

幸好有你幫忙——琉威以現實的語氣說了，優乃則望著臭臉的古城笑了笑。

雫梨來不及加入他們，便維持右手伸到一半的姿勢，無事可做似的杵著不動。

4

地下洞窟的內部並不平坦，扭曲的地形就像熔岩在冷卻後直接凝固那樣。莫名光滑的地面帶有濕氣，一不小心似乎立刻會滑倒。

原本以為是這樣，後來又有崎嶇的岩石地帶以及近乎垂直的連綿斷崖，都讓古城大為傷神。進入洞窟不到三十分鐘，古城就滿身大汗了。

「好慢！你打算讓我們等多久啊！」

理應走在隊伍前頭的雫梨停下腳步朝古城喊道。

青白色火球搖搖晃晃地飄在半空，照出了他們在黑暗中的身影。那似乎是稱為人工鬼火的一種式神，幾乎不需要消耗咒力，又能長時間維持，連亮度都可以隨意調整的好東西。

雫梨等人率著鬼火佇立於地下迷宮的身影，與其說是實習中的攻魔師培訓生，看起來倒更像線上遊戲裡的角色。

「沒辦法吧！有意見的話，妳也幫忙拿一點行李啊！」

古城揹著巨大的背包一邊喘氣一邊回嘴。連初級咒術都不會用，導致他沒有點鬼火，而是拿普通的手電筒。或許因為這樣，只有古城一個人來錯地方的感覺便難以抹去。

「都已經幫你去掉那麼多行李了耶，你那是什麼口氣？」

雫梨一臉傻眼地望著總算追上來的古城，並且惱火似的嘆氣。

「原本就有太多沒用的行李啦！還全都是妳的私人物品！像養生用具、鍛鍊器材還有茶具組之類。」

「茶具組才不會沒用！」

「那是最不需要的行李吧！」

古城發了一陣子牢騷以後，目光便停留在眼前聳立的奇特柱子上。

讓人聯想到神社鳥居的兩根水晶柱。連沒有咒術知識的古城都能理解，那兩根柱子正在散發強大的咒力。那恐怕是封鎖破獸的一部分結界。

「這表示……前面就是真正的迷宮……？」

「我們還在第一階層的入口。請你千萬要小心，別碰到結界之門。」

雫梨說著舉起了鎚矛；琉威也默默解除槍械的保險裝置（Safety）；優乃脫掉附兜帽的大衣，把藏著的獸耳露了出來。他們擺好隨時都能進入戰鬥的架勢了。儘管表面上表現得跟平時一樣，他們內心的緊張仍在無意間傳達給古城。

霎時間，古城心裡湧上奇怪的感覺。他覺得以前好像也有在哪裡看過他們這種表情。

「古城？」

古城皺著眉頭沉默下來，雫梨便納悶地仰望他。

「呃，沒事……沒什麼啦。」

他連忙搖頭，朝已經邁步前進的優乃等人追了過去。

越過水晶柱走上一會兒後，迷宮裡就變了樣。

洞窟的窟頂高度不變，底部則像險崖一樣急遽變深。

原本就相當廣闊的洞窟寬度進一步加寬，靠鬼火的光暈已經看不見對岸的模樣。階梯狀的巨大龜裂構成了讓人想喻為大峽谷的絕景。

而在地下峽谷裡，到處都有光芒閃爍——和雫梨他們一樣的鬼火光輝。除了古城隸屬的這一班以外，似乎還有其他潛入迷宮的學生。

飄在峽谷內的鬼火數量，光是古城所見就有六七個左右。看來在迷宮裡徘徊的人比想像中還多。

「那些光……難道全都是攻魔專校的隊伍嗎……？」

「是啊。晉級審核差不多要開始了。」

「審核？」

「畢業的必須條件中，包含了破獸的擊破數，不冒著危險潛入迷宮就拿不到學分。」

琉威淡然地為納悶嘀咕的古城說明。原來如此——古城的臉色變嚴肅了。

攻魔專校的課程幾乎都是自習，沒有共通的必修科目（Curriculum）。畢竟就讀的學生無論種族或技能都五花八門，說來當然會變成這樣。

在校內舉行的模擬戰終究只是訓練的一環，似乎不會直接關係到學生的評價。否則古城大概早就因為成績不振而被退學了。

那麼，校方是如何審核學生成績的呢——迷宮的存在就是該問題的解答。

「這制度滿狠的耶。」

「嗯，或許啦。」

琉威直爽地認同古城那句難保不會被視為批評校方的話。

「可是缺乏實戰經驗的攻魔師就算接了任務，也會有悲慘的結果等著。如果連這種程度的難關都無法克服，還是從一開始就不要以攻魔師為志向比較好。」

「攻魔師是嗎……」

古城爬下難以立足的懸崖，抱著苦悶的心情沉默了。

所謂攻魔師，就是身懷技能可以對付魔導犯罪的人員總稱。有時候，他們也會跟危險的魔族或魔法師直接交手才對。是否適任當然就該用實戰的戰果來論定，而非筆試成績——其道理很能讓人理解。

即使如此，古城心裡還是有某個地方無法釋懷。

古城並不是為了與誰交手才就讀於攻魔專校，只是因為別人說沒有攻魔師執照就不能離開「魔族特區」，他才不得不以攻魔師為志向。

那恐怕連身為獸人的優乃或以研究者為志向的琉威都一樣。

既然如此，或許問題的本質並非在於攻魔專校的審核制度，而是將魔族隔離的「魔族特區」這個扭曲的制度本身。

「私下別做多餘的交談，要專心。你的緊張感不足喔。」

雫梨瞪著茫然陷入沉思的古城，語氣辛辣地告訴他。是我不好啦——古城舉了雙手。

「魔族特區」的癥結點確實不是目前該在這裡思考的問題。

「不過，第一階層很少會出現破獸吧？」

「那是指……只有破獸出現率低！」

雫梨話還沒說完就高高舉起愛用的鎚矛。接著，她朝站在眼前的古城奮力刺過來。

「咦！」

古城僵著不動，鎚矛前端捅碎了他背後的岩壁——從壁面縫隙冒出的詭異形影。看似大型蜥蜴的黏液聚合體便發出令人反感的潮濕聲音爆散。

那彷彿成了信號，有類似的形影紛紛從岩石地帶出現了。

它們的尺寸都相當於小型犬，像是原生生物（Ameba）與野獸融合而成的奇特魔法生物，數量總共有十幾隻。古城等人的氣味似乎正吸引它們從四周陸續聚集而來。

「這些傢伙是什麼！」

感覺背脊發毛的古城蹣跚地後退，眾多魔法生物晃著臃腫的身軀尾隨過來。雖然還不至於引發恐懼，總之就是令人不舒服。

「這是死靈的一種，在恩萊島被稱為惡靈（Larva）。」

琉威一邊如此說明一邊連射手槍，魔法生物們挨中大口徑子彈便四散飛濺。一隻隻的魔

法生物各別對付，似乎到底算不上多大的威脅，可是數量實在壓倒性地多。

「……惡靈？」

「主要都是在迷宮裡承受魔力而變成怪物的動植物遺骸，換個方式講就是天然行屍（Zombie）。幸好目前在迷宮裡喪命的學生不多，所以很少會遇見人形惡靈吧。」

「很少會遇見……就表示偶爾還是有嗎……」

真令人厭惡的天然產物——古城認真地板起臉孔。光是腐壞的小動物屍體會動，就給人如此不舒服的印象。萬一人類尺寸的惡靈出現在眼前，他可沒有自信能平心靜氣。

「就算城城你是不死之身，死在這裡也不曉得會出什麼狀況。像之前那樣胡來好像不行喔。」

優乃躲在古城背後，擔心似的說道。對主要用手腳施展打擊的她來說，惡靈應該是盡可能不想碰的敵人。

「我懂了。說得也對，變成那樣實在太令人毛骨悚然。」

古城老實地點了頭。他目前就已經被人用「世界最強吸血鬼」這種莫名其妙的頭銜稱呼了，再變成行屍可就慘不忍睹。當然古城也不是自己想死才死掉的就是了——

「所以呢，要怎麼樣才能讓那些鬼東西成佛？既然是屍體變成了怪物，不管打倒多少都會無限再生吧……？」

「惡靈並不是活過來的屍體。肉體一旦死掉就等同於無生物，它們只是憑著生前的記憶在做機械性動作。」

「它們只是看起來似乎有意志，實際上跟單純的人偶一樣……妳是這個意思嗎？」

即使被稱為惡靈，也不是因為對人世有所留戀才會襲擊古城他們——古城靠雫梨的說明理解了這一點，便稍微放心了。

「答對了。因此只要將它們粉碎到不留原形，就不可能再復活。」

雫梨說著重新舉起被黏液弄髒的鎚矛。

「妳說粉碎——欸，要來回把這麼多怪物打爛啊？」

古城視線越過雫梨的肩膀環顧四周，臉上露出凝重之色。一回神，在周圍蠢動的惡靈數量已經超過五十隻。要是這麼多的怪物同時撲過來，感覺就連雫梨也應付不完。

「惡靈姑且也有它們的活動範圍（地盤），會這麼多隻一起出現，其實很罕見啦。」

琉威交換手槍彈匣（Magazine），頭痛似的聳肩。那怎麼會這樣呢——古城為此感到困惑，優乃便對他笑了。

「我猜啦，它們大概是被城城的魔力引來的。惡靈以迷宮內湧出的魔力為食，因此往高魔力之處聚集是它們的習性。」

「等一下，所以這是我害的嗎！」

古城吃驚地反問，雫梨和琉威便若無其事地轉開目光。他們那種態度讓古城直接感覺到優乃點出的是事實。

會在據說較安全的迷宮第一階層就忽然陷入困境，原因似乎出自從古城肉體任意散發出來的第四真祖魔力。

離譜歸離譜，這種狀況可無法一笑置之。既然惡靈看上了古城的魔力，無論逃到哪裡，它們大概都會一路追過來。

憑琉威開槍射擊，難以收拾那些躲在岩石死角的惡靈。話雖如此，總不能在這種懸崖邊緣動用炸藥。

古城想到由自己當誘餌引開惡靈的主意，卻立刻打消念頭。光是想像被那種黏液聚合體纏住就覺得不寒而慄，何況優乃才剛叮嚀他不要胡來。

可是，古城也想不出其他能突破這種局面的策略。

該怎麼辦才好——他緊握沉重背包的背帶。

就在隨後，有陣呵呵大笑的聲音突兀地傳來。

「呵呵呵！我還想哪群人鬧得這麼大，這不是卡思緹艾拉小姐嗎？會在這樣的地方碰上可真巧！」

有個身穿鐵灰色鎧甲的壯漢從懸崖上俯視古城等人。

壯雖壯，個子倒沒有特別高，只看身高的話，還比古城來得矮。然而寬闊肩膀與厚實胸膛，還有鋼鐵般包裹全身的肌肉質量，讓男子顯得特別魁梧。

男子在厚厚的脣邊現出粗獷笑容，並且親切地眯著眼。

「大倉山總代表……！」

原本面露倦色的雫梨說出了鎧甲男子的名字。她的聲音帶著一絲安心的調調。

「那是誰？」

古城帶著困惑的表情嘀咕。他沒有想到居然會有好事分子專程闖進大群惡靈之中。

「擔任學生總代表的大倉山獅堂學長。雖然他讀四年級，在學校裡仍是屈指可數的強者，也會代教官執行勤務。」

琉威原本還反射性地把槍口指向鎧甲男子，現在便解除戒心放下手槍了。

「原來他還是學生啊……」

琉威所說的話讓古城產生另一層意義的訝異。容貌、口氣以及不凡的派頭，導致古城原本料想鎧甲男子的年紀應在三十歲左右。那副外表要說十八九歲，也會讓他覺得是唬人的。

「會在這種地方碰上也算某種緣分。雖然違反實習宗旨，就讓我助你們一臂之力吧！」

甭客氣——大倉山豪邁一吼，便從背後拔了劍——媲美他本人身高的雙手大劍。寬闊劍身既厚又重，與其說是劍，看起來更像建築用的鋼材。

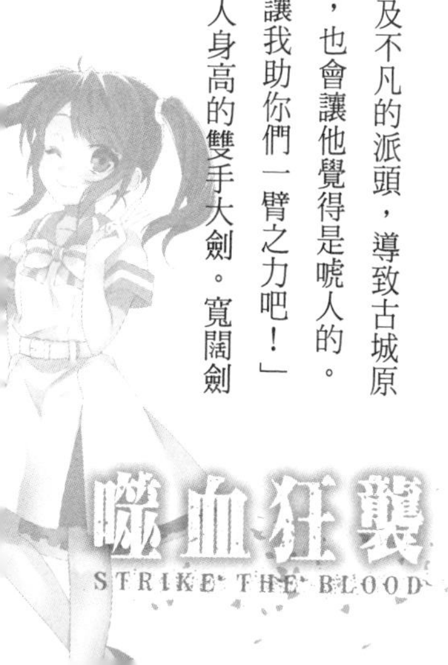

大倉山輕而易舉地揮動重得不尋常的那把劍，對眼底的惡靈予以痛擊。惡靈連同周圍藏身的岩塊都被他二話不說地橫掃而過，荒誕景象簡直讓人分不出誰才是怪物。

而在大倉山背後還跟著一個女學生。那恐怕是大倉山的隊友。烏黑長髮，淚濕般的黑色眼睛，是個氣質文靜的美少女。

她穿著攻魔專校的女生制服，不過或許是身材太好的關係，感覺格外嫵媚。女用襯衫的釦子已經開到第二顆，胸口卻還是顯得拘束。

「希未學姊～」

優乃開心地揮著雙手喚了她。黑髮女學生也淺淺一笑，微微地揮著右手回應。古城的目光被她那副模樣吸引住了。

「那個美女是神木庭希未，去年曾在攻魔專校的選美比賽奪冠，屬於D種喔。」

優乃回頭仰望古城，使壞似的笑了笑，口氣就像在暗示：你有興趣吧？古城無法予以否認。

「D種……！」

古城連內心動搖都忘了要掩飾，忍不住驚呼。所謂D種，指的是第一真祖「遺忘戰王（Lost Warlord）」的血族後裔──也就是一般為人所知的吸血鬼。換句話說，希未與古城屬於同類。

古城曾聽說攻魔專校裡除了自己以外還有其他吸血鬼，不過他實在沒想到會在這樣的地方遇上。當然，對方這麼美也出乎他的意料。

「在那邊的少年，就是傳聞中的第四真祖吧。」

大倉山單方面蹂躪著眾多惡靈，還從容地開口攀談。

「我叫曉古城。學長好。」

古城懾於大倉山的氣魄，卻還是不服輸地大聲報上姓名。即使他忘記了過去的記憶，深植在骨子裡的體育派作風似乎仍未喪失。

「嗯。我才要仰仗你們！」

大倉山滿意似的點頭，然後維持舉劍的架勢轉向雫梨。

「卡思緹艾拉小姐，話說你們也要去第一階層的ＯＳ基地對嗎？」

「當然了（Certamente），我們是如此打算。」

雫梨一邊掩護大倉山一邊點頭。所謂的ＯＳ基地，似乎是設置在迷宮內的觀測基地之一。假如沒有特殊緣故，來實習的攻魔專校學生按往例好像都會到那裡休息。

「既然如此，我們也一道過去。神木庭同學。」

嚴肅地點頭的大倉山叫了站在旁邊的希末。

「是，總代表。」

希末拖著長長秀髮走向前。

在古城等人的前方，仍有無數殘存的惡靈好似要擋住去路而蠢動。然而希未並不畏懼，毫無感情地睥睨它們說：

「——麻煩妳了，黛瑞絲。」

她伸出右臂，帶有魔力的鮮血便像霧氣一樣從手臂擴散開來。

那陣深紅霧氣如蜃景般搖曳，並轉變成被火焰籠罩的召喚獸身影。擁有巨大翅膀、猛禽類的腿以及人類上半身的妖鳥——哈耳庇厄。這是吸血鬼神木庭希未的眷獸。

眷獸。沒錯，吸血鬼能讓眷屬之獸隨行於自己的血液中。

那是濃密得足以擁有自我意志的魔力聚合體，除了用更強大的魔力剋制以外，就連傷也傷不了的怪物。正是因為有眷獸存在，眾多攻魔師才會視吸血鬼為魔族之王而心存畏懼。

希未喚出的妖鳥張開灼熱焰翼，由地面橫掃而過。

數十隻惡靈瞬間迸裂，不留痕跡地消滅了，藏在岩石縫隙的個體也一樣。妖鳥的火焰連巨岩都能熔化，並且將潛伏其中的惡靈一同焚滅。

「這就是……吸血鬼的眷獸……？」

古城望著希未所操控的駭人又美麗的召喚獸，茫然地發出嘀咕。

吸血鬼用於打倒萬般強敵、保護心愛之人的武器。來自異界的召喚獸。抑或足以打倒一切，超脫常世之理的凶惡權能。

那是世界最強吸血鬼——身為第四真祖的古城以往曾經納入手中，之後隨著記憶一塊喪失的能力。

5

「你們管它叫ＯＳ基地，我還以為有什麼名堂……結果是溫泉（OnSen）啊……」

瀰漫著白色霧氣的寬廣地下洞窟。換了泳裝的古城把下巴擱在岩石澡池邊緣，臉上露出疲倦的神情。

進入迷宮後，古城等人花了約四小時抵達的第一座觀測基地，是山中小屋風格的陳舊木屋。據說這裡備有餐廳與簡易醫療設施、差不多可供三十個學生住宿的床鋪、強力結界，以及受聘於企業的常駐警備人員。

不同於普通山中小屋的是，屋裡設有好幾具用來測定魔力的昂貴機材。在位於地下的寬廣洞窟裡還有天然溫泉湧出。抵達基地以後，香菅谷班一行人用完餐並結束裝備保養，便來到這座溫泉順道休息。

「這是只有攻魔專校學生才泡得到的祕境溫泉。雖然對外名義為療養設施就是了。」

琉威在熱水中伸展手腕，並語帶苦笑地回答。
附帶一提，據說這座溫泉的泉質屬於對輕度燙傷、割傷及疲勞有療效的二氧化碳泉。更有人主張這對恢復消耗的咒力有益，古城也就說不出「現在不是泡溫泉的時候吧」這種話了。何況雫梨等人剛對付過那種黏液性質的怪物，古城也很能體會他們想清潔身體的心情。
「卡思子會花大把時間挑泳裝，原來這就是理由啊。」
古城想起昨天在福利社發生的事情，便慵懶地嘆了氣。
雫梨在購物途中發現有泳裝區，就讓古城拿著行李，自己反覆試穿泳裝拖了快一個小時。現在回想起來，她大概從那時候就在期待這座地下溫泉了。
「——你有什麼意見嗎？」
從熱氣中現身的雫梨聽見古城嘀咕，就看似不高興地瞪了過來。OS基地的岩石澡池只有將更衣室分開，裡頭澡池是男女共用的。加上使用者有義務穿泳裝，以觀感而言與其稱為混浴，還比較接近溫水游泳池的調性。
雫梨身上穿了與髮色相配的白色單純款比基尼。雖然造型並沒有特別大膽，但是暴露程度比古城預料中還高。
「呃，沒有。妳的打扮合乎常識反而讓我安心。該怎麼說好呢？照妳的個性，我還以為妳會穿類似囚犯服的那種復古泳裝。」

「你把我當什麼啊？」

古城冷淡的反應讓雫梨有些鬧脾氣地鼓起腮幫子。

裹得像特本（Turban）一樣的浴巾取代平時所戴的頭巾，遮住了她的頭髮。雫梨露出耳朵與後頸的模樣很是新鮮，和她穿泳裝的模樣相比，古城反而比較注意那些部分。

「好像讓你們久等嘍？哇啊，有溫泉的味道耶……！」

「喂，優……優乃同學！不要推──呀啊！」

雫梨被從後面現身的優乃摸到背脊，發出了可愛的尖叫聲。

優乃穿的是色彩鮮豔的格紋三角比基尼，泳衣上鑲了含蓄的荷葉邊，襯托出她嬌小卻玲瓏有緻的身材。

「我昨天晚上跟雫梨一起選的。可愛嗎？可愛嗎？」

蹦進溫泉的優乃像在秀泳裝一樣，當著琉威面前轉來轉去。

「是啊。非常適合妳喔。」

琉威跟平常一樣露出溫和的微笑，還爽快地講出肉麻台詞。呵呵──優乃開心似的害羞起來。

我可奉陪不了你們──古城在嘴裡嘀咕以後，便悄悄地跟調情的兩人拉開距離。

隨後，他跟待在岩石死角歇息的大塊頭男子對上了目光。

頭頂著手巾的大倉山露出白色牙齒，朝古城笑了笑。
「怎麼啦，第四真祖大人？瞧你愁眉苦臉的。」
「呃，沒事。我只是對這個迷宮有點好奇。」
古城被大倉山意外敏銳的觀察力嚇到，不自覺就說了實話。
大倉山微微瞇眼，並且「嗯」地大方點頭。
「你似乎是在這次遠征第一次進迷宮，會疑惑也難怪。」
「嗯，對啊。應該就是因為這樣……總代表，可以請教你一件事情嗎？」
「當然了，指導後進也是我的職責。你儘管問。」
古城聽著大倉山渾厚的嗓音，偷偷苦笑。這個學生總代表實在不像十幾歲的少年。他比禍子更有教官架勢。
「我想問的是……總代表，你為什麼會想成為攻魔師？」
古城冒犯的疑問使得大倉山看似興趣濃厚地挑眉。
「你似乎對成為攻魔師一事心存迷惘。」
「對抗魔導罪犯或魔獸需要專業人員，這道理我姑且能了解。應該說，我有點想不通。至少在迷宮裡來回殺惡靈或破獸，感覺好像不太對。」
古城一邊對無法順利化成言語表達出來的想法感到急躁一邊回答。他在迷宮第一階層和琉威講話時就有這種感覺。

「魔族特區」目前的狀態有些不對勁，包含迷宮及破獸的存在都十分扭曲，甚至讓古城有種奇怪的感覺——自己正被關在出了問題的地方。

「我倒不是不能理解你想表達的意思。」

「咦？」

大倉山意想不到的回應，讓古城愣愣地張了嘴。

學生總代表愉悅似的回望古城，並且自信地露出微笑。

「意外嗎？不過，我也會有感到疑問的時候，尤其是看著身邊有神木庭這樣的分子。」

「你是說……神木庭學姊？」

「只因生為吸血鬼，她若不成為攻魔師，就連這座彈丸之島都沒辦法隨意離開。我在想，有著如此規範的世界是不是錯了？」

「……對啊。」

古城點頭並咬住嘴脣。大倉山點出的問題正是他所抱持的疑問。

「然而擁有力量，就得承受相應的重責才行。說這種老掉牙的話，連我都覺得慚愧就是了。但願你是個能擔起與誇張頭銜相應責任的男人。」

「希望是這樣啦。」

古城說著便慵懶地搖了頭。世界最強吸血鬼；第四真祖。古城曉得自己是這樣的存在。並不是因為別人告知，而是他從一開始就明白了這一點。對目前失去記憶的他來說，只有自身頭銜才是唯一不可動搖的事實。

不過要是撇開異常的再生能力，古城並無身為吸血鬼的能力。現實便是沒有雫梨等人保護，他就連一隻惡靈也無法收拾。

自己這樣能改變「魔族特區」扭曲的現實嗎──此般矛盾，恐怕正是古城迷惘的本質。

不知道大倉山是否了解古城這樣的心思，自個兒笑了起來。

「但是，這樣我就放心了。」

「……啥？」古城歪頭表示不解。

「力量理應比任何人都強大的你正在摸索力量的正確用途，這樣的事實令我安心。」

大倉山在厚厚的胸膛前交抱雙臂，看似滿意地點頭。

「呃，我們談的事情沒有那麼誇張啦……」

「聽說你喪失了身為吸血鬼的大部分能力不是嗎？或許那就是為了讓你克服這層迷惘的考驗。嗯，肯定不會錯。」

「哈哈……」

古城跟著大倉山細聲笑了起來，雖然帶有苦笑的成分，但他心情確實愉快了些。大倉山似乎從一開始就看穿古城苦惱的原因了。看似豪邁卻意外纖細的男子。看來學生總代表並非浪得虛名。

古城向大倉山道謝後，離開了浴池。他留意著凹凸不平的地面，走向男子更衣室。或許是因為泡在溫泉中想事情，感覺腦子裡就像蒙上了霧氣。趕快到外頭補給水分似乎比較好。

正當古城如此想著轉向背後的瞬間。

有某種景象忽然閃過腦海。

如閃光般的片段記憶浮現於被白色霧氣遮著的另一邊。藍色天空；強烈陽光；用碳纖維、樹脂、金屬與魔法打造的人工都市。明明只要伸手就可觸及，實際想回憶卻會遠去，如此靠不住的畫面。

然而，那終究只是片刻間的幻影。

差點抓住的記憶滑過指尖，像霧一樣消失。

「曉學弟，你沒事吧？」

杵著不動的古城背後傳來了溫婉的說話聲。

古城未經思考就毫無防備地回頭，還差點因此叫出聲音。

神木庭希未擔心似的抬頭看著古城，距離意外地近。水亮眼睛與散發光澤的嘴脣；烏黑

長髮往上束起，導致細細的頸子被強調得格外明顯；白皙肌膚泛著一絲紅潤，表情莫名嬌媚動人。

不過，最讓古城驚嘆的是她露出來的纖瘦肩膀。

希末身上只圍著一條白色浴巾，看不出底下該有的泳裝肩帶。明明肌膚的裸露程度比較低，煽情度卻遠勝泳裝。

「呃，是啊。我想我只是稍微泡昏頭了。」

古城說著打算把目光從希未身上轉開。可是，她卻早一步繞到古城眼前，彼此幾乎要緊貼的距離感。

「是嗎？那太好了。」

希未自然擺出往前彎下身的姿勢，並且仰望古城。她圍著的浴巾底下到底有沒有泳裝，古城無從確認。古城勉強可以確認的，只有希未豐滿的胸部擠出的深深乳溝。就在此時——

「對不起喔，曉同學。」

「咦？」

希未憂愁地垂下目光，僵住的古城看她這樣便歪頭表示不解。

「我本來沒有偷聽的意思就是了。剛才你跟獅堂同學聊的事情，我不小心聽到了一點。

關於你無法使用吸血鬼能力那件事——」

「啊……不會啦，我並沒有隱瞞那一點。」

古城若無其事地苦笑以後，打算穿過她的旁邊。希未卻好像猜出古城的動向，還移動位置反過來拉近與他的距離。

「假如你不嫌棄，要不要試試？」

「……試試？」

古城忍不住反問：試什麼？希未挑釁似的揚起脣角，當著他面前把白皙喉嚨亮了出來。

「吸血。」

「……啥？妳說啥！」

古城察覺希未的意圖之後，聲音就變調了。

吸血鬼向異性索求血液的行為——吸血衝動並非來自食欲，而是性慾。換句話說，希未是在誘惑古城。

巧的是他們人在溫泉，彼此都處於肌膚外露的狀態，濃密霧氣使他們不必在意旁人的目光。何況對方還是在攻魔專校選美比賽中獲勝的美女。最好的條件全齊了。

「或許你可以藉著這樣的行為，讓吸血鬼之力覺醒。而我和第四真祖分享血之記憶，或許就能獲得更強的力量，我認為對雙方來說都不壞。怎麼樣？試一次就好。」

「呃，可、可是……」

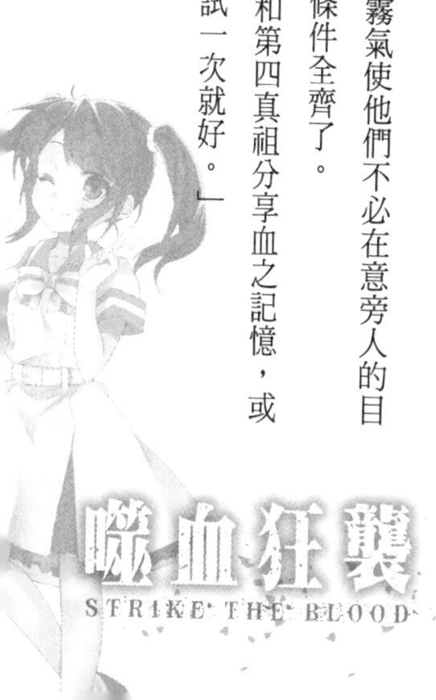

希未就像在玩弄態度不乾脆的古城，把裹著浴巾的胸脯朝他貼過來。那種誘人的觸感讓古城「咕嚕」地發出了吞嚥聲。希未露出尖銳的犬齒微笑，並用濕潤的舌尖舔了舔嘴唇。

「呵呵，還是說，你不滿意我這個對象？」

「不是啦，我怎麼會……我並沒有對學姊不滿意——」

「沒有不滿意是什麼意思？」

後退的古城耳邊響起了一陣冷冷的質疑聲。穿著白色比基尼的女學生把嚇得僵住的古城粗魯地拉了過去。

「卡、卡思子……！」

「哎呀。」

希未眨眼看向雫梨。雫梨毫不留情地將古城的右臂反扭，並且殺氣騰騰地瞪過來。

「你終於露出本性了，古城！你趁我稍微放鬆監視的空檔，想跟神木庭學姊做什麼！」

「白、白痴！我什麼都還沒有做吧！」

「……還沒有做？」

雫梨用毫無起伏的音調嘀咕以後，握著古城胳臂的手加重了力道。好似要衝上腦門的劇痛讓古城發出潰不成聲的慘叫。

哎呀呀——希未看著他們那副模樣，事不關己地悠哉搖頭說：

「不可以喔，香菅谷同學。在澡堂鬧事會違反禮節。」

「這才不是談禮節那些的時候！神木庭學姊，也請妳不要誘惑香菅谷班的班員！」

「哎呀，我才沒有誘惑他呢。對不對？」

「妳一邊說還一邊用胸部貼住他是什麼意思！學姊，妳就是這樣才會被講成專害自己人還有團體破壞者吧！」

「討厭，香菅谷同學，妳好凶喔。」

希未用撒嬌般的語氣誇張地表現出害怕，並把自己的胸脯用力朝古城的左臂貼過來。賭氣的雫梨不服輸地想把古城拉過去。古城的右臂負荷超出極限，發出了不祥的聲音。即使如此，雫梨她們還是爭個不停。

在這種狀況下，大倉山隨著水花從澡池站起來了。

他悠然地朝澡堂看了一圈，將目光停在互相拉扯的雫梨等人身上，然後滿意似的點頭。

「嗯。看來大家都打成一片了，這樣最好。」

話說完，他便豪邁地放聲笑了出來。

什麼跟什麼啊——古城疲倦地垂下肩膀，希未也苦笑著將他放開。

希未恐怕並沒有放棄勾引古城，不過因為大倉山出現，曖昧的氣氛的確就此泡湯了。下次見嘍——希未若有深意地閉了一隻眼睛，雫梨注意到她的舉動便板起臉。

「好啦。既然疲勞得到療癒了，我們走吧。」

大倉山完全無視雫梨與希未之間流露的尷尬氣氛，悠哉地說了一句。

希未只是稍微露出苦笑，接著就馬上照辦了。古城目送黑髮少女與壯漢回到更衣室，深深地嘆了氣。

「大倉山總代表這個人真的很猛耶，從各方面來說都一樣……」

「只有那一位能夠和神木庭學姊相安無事地組成一班喔。」

雫梨也帶著氣消似的臉色茫然嘀咕。

大倉山班會打破常規採用兩人制組隊，原因似乎不是出在大倉山，而是希未的操行有問題。當然，這也是因為他們具備兩個人就有可能闖完迷宮的過人實力。

「話說，差不多可以放手了吧？沒想到妳好像滿有料的就是了……」

「……咦？」

你在講什麼——雫梨納悶地抬頭，突然間，她的臉染上了羞恥之色。雫梨發現穿泳裝的自己正用胸口貼著古城的右臂。

雫梨體型苗條，傳來的觸感卻意外地柔軟。雖然跟優乃或希未比稍嫌單薄，相對地就有種吸住皮膚的緊貼感。

「你……怎……你在……做什麼……？」

「啊～～……卡思子，抱歉之前說妳身材沒料，我收回那句話。唉，雖然比不上優乃或神木庭學姊，沒想到妳也滿──」

古城帶著嚴肅的臉色點頭，並打算跟雫梨賠罪。

可是話還沒說完，雫梨就放低身子，施展出漂亮得可以當範本的一計過肩摔，讓古城飛到了半空。

「喔喔喔喔喔──！」

被摔的古城一頭栽進溫泉，濺起的水柱聲隨即蓋過他的慘叫。

為了替沉入澡池的古城補上致命一擊，雫梨還想舉起巨岩砸過去，優乃和琉威便急忙把她攔住了。

6

「今天就直接到第二階層的ＢＢ基地吧。明天起再以那裡為據點，對第二和第三階層進行調查，行不行？」

換裝完的雫梨穿著平時那套騎士裝扮攤開地圖如此說道。離開ＯＳ基地以後，大約過了兩小時。一行人即將抵達迷宮的第二階層。

到她所指的基地，直線距離約為五公里。但是地圖上畫的地形複雜而彎彎曲曲，正符合迷宮之名。古城很快就嫌煩了。

相對地，優乃對ＢＢ基地這個詞產生了強烈的反應，還挺身發問：

「噢噢，今晚好像吃烤肉耶。」

「……烤肉？ＢＢ基地的ＢＢ，該不會就是指ＢＢＱ吧……」

這間學校搞什麼啊？古城扶了自己的腦袋。溫泉之後是烤肉，實習的緊張感蕩然無存。

「要在迷宮裡面建造正式的餐廳設施實在有困難，所以這是校方為了讓學生自炊的權宜之計啊。」

「真的嗎……？」

古城狐疑地回望苦笑著辯解的琉威。

大概吧——琉威聳聳肩，忽然就自言自語似的正色繼續說道：

「況且用魔法戰鬥，某方面來說就是互相使計，互相矇騙啊。只會規規矩矩地行事可無法完成攻魔師的任務，看起來像在胡鬧其實正好。」

「是喔……這麼說來，那月美眉也老是一副搞不懂在開玩笑還是認真的態度……」

古城自己在無心間發出的嘀咕讓他嚇得停住了動作。

無數的陌生景象像雷光一樣閃過腦海，強烈頭痛感湧來。烏黑長髮與華美禮服；有著人偶般標緻臉孔的年幼女性。然而，那道幻影立刻就沉入記憶底部，只留下不快的異樣感便消失了。

古城感覺到扎人的視線，這才回神抬起臉孔。於是他和瞇著眼瞪過來的雫梨等人目光相接。他們的表情似乎正在疑惑：你說的那月是誰？

就算被人這樣問，古城當然也回答不出來。又冒出其他女生的名字了耶——優乃並無惡意地嘀咕以後，難以形容的尷尬氣氛充斥在香菅谷班之間。

大倉山自然對這種氣氛絲毫不以為意，還大聲地呵呵笑了出來。

「我們的目的地是第四階層，因此在下一座基地就要分開行動了。剩下的路程雖短，還是請你們多指教。」

「多多指教喔。」

希未嫣然一笑，並且悄悄地湊向古城。雫梨似乎要牽制她，就硬是擠到古城旁邊。她們倆都帶著滿面笑容，還用殺氣騰騰的眼神互瞪。古城偷偷離開她們身邊，走起路來就怕被發現。再繼續陪她們爭執下去，他可吃不消。

被稱作第一階層的峽谷地帶，出口是位於裂縫般的狹窄通道。大塊頭的大倉山頂多勉強過得去的窄路。路途綿延不斷。

在古城設法穿過那塊令人苦悶的地形，來到開闊場所的瞬間，他訝異得瞇起眼。

有整片叢林開展在他眼前。

岩層長著苔；綠色樹木叢生；午後的炫目陽光從頭上灑落。

一瞬間，古城誤以為他們回到地上了。

但是他錯了，他們目前仍是在地下迷宮當中。驚人而巨大如水井的豎坑。他們正在直徑近一千公尺的垂直坑洞底部。

地下空洞的窟頂崩落，頭頂上遙遠可見藍天。

植物大概就是照到從那裡探入的陽光才開始繁殖的吧。地下空洞的底部有著熱帶雨林一般的深邃森林。

「這就是……迷宮的第二階層……」

「對呀。第二階層是樹海區，地下空洞裡有整片的森林呢。」

雫梨看似得意地告訴面無表情杵著不動的古城。

「我可先警告你，請小心那些流過樹海中的河。據說有幾條地下水路是通到海的。」

「地下……水路……」

古城的聲音明顯顫抖了。強烈寒意從肚子裡湧上，他自覺到心臟在猛跳。並不是因為古城對眼前的整片叢林感到訝異，正好相反，恩萊島地下迷宮第二階層——他認得這片理應是第一次看到的叢林景色。

「對了，城城是不擅長游泳的人嗎？」

優乃仰望古城蒼白的臉，擔心地問道。她似乎誤會古城心生動搖是因為害怕溺水。

然而，古城目前並沒有餘裕替優乃解開誤會。

「不對……水路……這樣啊……所以我才……」

從未體驗過的劇烈暈眩感來襲；無數既視感化為洪流撲來。過去與現在的記憶交織在一起，猛烈擺弄著古城的意識。

「沒問題啦。我和琉琉還有梨梨跟梨梨都陪著你。」

「為什麼只有我的名字要講兩次？」

「哎，表示妳就是那麼值得信任啊。」

優乃用說笑般的開朗嗓音替古城打氣。雫梨交抱雙臂不滿似的嘆氣。她們倆的聲音在古城的腦海裡迴響好幾次。沒錯，古城聽過她們這段對話——

「那麼，我要去偵察嘍。」

優乃伸出耳朵，讓瞳孔變得像貓一樣細，靴子的鞋底還發出了「嘰」的聲音。她擁有遠超出常人的靈活度與敏銳感官，正是最適合偵察這座叢林的人才。

獨自先走以確保安全的探索路線。這就是優乃在香菅谷班扮演的角色。

「麻煩妳了。」

「包在我身上！」

優乃得到班長雫梨的允許，便留下「噠」的輕微腳步聲縱身躍起。

她跳到叢林樹上，並利用樹枝的韌性再次躍起，愉悅模樣好似獲得新玩具的貓咪。對身為獸人種的優乃來說，這片視野不良的叢林仍舒適得像遊樂場所。

優乃融入叢生的樹木陰影後，嬌小身軀一下子就看不見了。

霎時間，強烈焦躁感襲上古城心頭。

「——天瀨，不可以！」

「曉、曉同學？」

琉威仰望古城大吼的臉龐，為之困惑瞠目。大倉山與希未兩人也難得露出疑惑之色。

「宮住，現在馬上阻止天瀨！把她叫回來！」

「到底出了什麼事啊，曉古城？」

雫梨為了讓激動的古城冷靜，便像在安撫家犬似的湊過來。

古城對她那副模樣產生既視感，臉孔因此皺了起來。接下來會發生什麼事，古城已經心裡有數。

「讓開，卡思子！這樣下去天瀨就慘了！」

「曉、曉古城？」

古城粗魯地推開挑眉抱怨「誰叫卡思子啊」的雫梨。他拋下原本揹著的沉重行李，然後追著早就不見人影的優乃衝進叢林。

樹木枝葉繁茂，導致森林中光線昏暗，新鮮的樹液氣味直衝鼻腔。潮濕無比的濃密空氣穿過連帽衣的縫隙，纏上皮膚。

古城撥開擋住去路的樹枝，一路跑個不停。地面覆蓋著植物的根，形成了天然陷阱(Trap)想纏住古城的腳。他的皮膚被劃出眾多傷口，手腳挫傷更是不計其數。

即使如此，以常識來想，古城要追上優乃依舊是難事。與變成吸血鬼的古城相比，優乃在身手敏捷度及體力方面仍高他一籌。

因此，古城從一開始就沒有想過要追上優乃。

沒必要展開追蹤，因為古城知道優乃接下來會去的地方。他是為了先趕到優乃的目的地才拔腿趕路。

「天瀨！」

古城認出獸人少女的背影並大叫。

優乃一邊動著尖尖的獸耳，一邊慢慢回過頭。

「咦，城城？你到底怎麼追上我的？」

優乃睜大眼睛問道。

她站的地點在叢林裡的大沼澤旁邊，叢生於水邊的紅樹林上面。她站在樹上沐浴在陽光下的身影看起來就像電影當中的一幕，甚至有種夢幻感。

但是，古城沒空對這樣的優乃看得入迷。

因為在古城從叢林空隙衝出的同時，優乃背後的大氣晃動了。

「天瀨，妳快逃！」

古城上氣不接下氣地大吼。

隨後，優乃的左肩就被深深砍傷，噴出了鮮血。從虛空發射的紫焰化為刀刃，將優乃的肉體切開了。

「咦……！」

優乃的嬌小身軀飛向半空，撞到許多樹枝並且摔落地上。大量鮮血飛濺，將她的四周染成了鮮紅。

古城拚命趕到現場，抱起她沉在柔軟腐葉土的身體。

「天瀨！振作一點，天瀨！」

「感覺……好痛……這是怎麼回事……？」

優乃看著自己被血濡濕的手掌，無助地笑了出來。古城什麼也答不了，只能無謂地咬牙作響。

凶猛的魔力波動隨即朝古城左臉席捲而來。偷襲優乃的敵人正準備在沼澤上化為實體。

大氣於虛空中產生起伏，描繪出龐大的猛獸輪廓。

分辨不出是獸還是蟲，且擁有無數觸手的異形怪物。

「破獸……怎麼會出現在這種地方……？」

細語的優乃口中冒出了鮮血。

她的出血狀況比想像中嚴重，是換成普通人應該早就失去意識的重傷。

照這樣下去，哪怕是獸人種，恐怕也撐不了多久，就連不具醫療知識的古城也可以明確斷言。

然而，古城連替她止血的空閒都沒有。

因為籠罩著火焰的異形怪物又朝優乃襲擊過來了。

以魔力編織的巨大觸手化為利刃，由叢林斜向掃過。

古城抱著優乃的身體溜到觸手底下，驚險躲過了那波攻擊。遭到攻擊波及的眾多樹木被砍斷，陸續起火。

「城城，你先逃……我不要緊……」

優乃細聲呼喚古城。

「要逃嘍，我們一起逃！」

古城無視於她的懇求，還單方面撂下一句話。

他不打算拋下優乃。那樣他就搞不懂自己為何要趕來這裡了。

問題在於古城自己逃也不確定是否能全身而退，這才是事實。

叢林各處早就陷入火海，逃命路線所剩不多。更重要的是，破獸具備壓倒性攻擊力。即使只是在近距離內被那種紫焰利刃擦過，應該也會對古城他們造成致命傷害，那麼優乃也無法獲救。

假如自己能用眷獸——如此心想的古城使勁咬住嘴唇。

憑傳聞中的第四真祖眷獸之力，肯定能瞬間消滅區區破獸才對。可是，目前的古城沒辦法召喚眷獸。他沒有對抗破獸的力量。

破獸再次舉起火舌搖曳的觸手。

古城仍將優乃保護在懷裡，臉上表情為之僵凝。有兩條觸手同時從左右夾攻，這波攻勢躲不掉。剎那間，古城的心被絕望支配，就在此時——

挨中無數子彈的破獸觸手爆裂四散了。

「曉同學！」

全身罩著冰之結界的琉威衝破熊熊燃燒的焰牆出現。

伴隨劇烈槍響，他拿著的突擊卡賓槍吐出了子彈。琉威的愛槍使用的是高速步槍彈，威力比使用手槍子彈的衝鋒槍（Submachine Gun）更強，發射速度為每分鐘七百五十發。破獸的巨軀在轉眼之間被大量銀銥合金彈頭擊中，身形搖晃不穩。

「宮住！天瀨她——」

「我明白。更重要的是提防後面！」

「後面……？」

被琉威催促的古城轉頭以後，就察覺有魔力波動席捲過來而啞口無言了。扭曲的大氣好似要將古城等人包圍起來，有第二頭破獸自叢林中出現了。

然而，更讓古城困惑的是有道小小的人影站在新出現的破獸背後。全身裹著漆黑斗篷的陌生人影。

苗條而帶有女人味的輪廓，讓人聯想到美麗死神的風貌。

那道人影的左手上握著一柄收納於鞘中的劍。

漆黑人影就像在操控破獸似的，當眾把那柄劍舉到頭頂。

「又是妳嗎……！」

古城對自己無意間冒出的嘀咕感到強烈戰慄。

前所未有的嚴重暈眩來襲，古城忍不住跪倒在地。

古城認得這道人影。過去，她曾經好幾次擋在古城等人面前，而且將絕望深植於古城的心裡。

「難道說，破獸是妳在操控的嗎……！」

披著斗篷的身影回望痛苦大吼的古城，「呵」地笑了出來——感覺是這樣。

第二頭破獸發出咆哮，朝古城展開衝撞。擋路的叢林群樹像脆弱的糖雕那般被巨大前腳掃過，還打算壓扁古城等人——在古城剛這麼以為的瞬間，從上空灑下的灼熱閃光就把破獸打落到地上。

閃光來自吸血鬼的眷獸，由神木庭希未取名為「黛瑞絲」的妖鳥。

「『炎喰蛇』，給我狠狠地吞！」

雫梨比希未的眷獸遲一點，手裡舉著劍身起伏如火的長劍就衝了出去。她毫不留情地用閃耀的劍鋒劈向負傷大鬧的破獸。

「神木庭學姊……卡思子……」

古城發出沙啞的聲音，望著雫梨奮戰的背影。

祕蹟兵器「炎喰蛇」在砍中敵人後會吞噬對方魔力，讓自身威力逐漸提升。對身為魔力聚合體的破獸來說，無疑是天敵般的致命武器。雫梨每次揮劍，破獸的巨軀就會被斬斷，進而轉變成切碎的魔力團塊。

在這段期間，希未的眷獸轉為掩護琉威。

琉威毫不手軟地灑下高威力的槍榴彈與攻擊性咒符，形勢凌駕於破獸，再加上希未的眷獸便大勢已定。失去大多數觸手的破獸只能單方面任他們宰制。

「第四真祖大人，虧你能察覺同伴的困境。了不起！」

大倉山在最後一邊發出豪邁笑聲一邊現身了。在他背後，有好幾頭破獸的殘骸飛散各處。大倉山似乎單槍匹馬就宰掉了那些敵人。被召喚到此處的破獸，原來並不只襲擊古城他們的那兩頭而已。

「還有，操控破獸的女子——妳是傳聞中的迷宮幽靈嗎？」

大倉山輕而易舉地揮舞長若身高的雙手劍，將劍尖指向穿斗篷的人影。

古城抱著受傷的優乃，臉隨之緊繃。

大倉山剛才的模樣與既視感重疊在一起，湧上的強烈恐懼讓古城感到噁心。

斗篷人影短短地吐氣。有如嘲笑的微微嘆息。

下個瞬間，從她腳邊出現了格外巨大的漆黑破獸。

明顯與之前的貨色有所不同，完全獸型的怪物。

「呵呵，沒用！別小看攻魔專校學生總代表的力量！」

伴隨英勇的咆哮，大倉山奮力衝刺。

他的大劍上有幾何性質的魔法圖樣浮現。既然身為攻魔師培訓生，大倉山自然不是單純以力量為豪，他似乎同時也是出色的魔法師。大倉山揮下以魔法強化過的大劍，勢如轟雷地砍向破獸。

「不行，總代表！那傢伙是——」

「唔……！」

古城受恐懼驅使而喊出聲音和大倉山皺起臉是在同一時間。

漆黑破獸張開大口，從中吐出了黑色閃光——

那陣閃光無聲無息地截斷大倉山的劍，甚至貫穿鎧甲的防禦，在他的軀體開了風孔。

「唔……失策……！」

大倉山噴出鮮血後，仰身倒下。古城茫然地望著那一幕，腦袋裡痛得像有火在燒。感覺記憶正逐漸被強制覆寫。

「總代表——！」

希末哀號般叫了出來。被她納為眷獸的妖鳥化成灼熱流星，朝漆黑破獸飛去。同時琉威也有所動作。他從背後卸下了大型狙擊槍，瞄準站在破獸身後的斗篷女子。

「住……手……！」

古城這句細語並非對著琉威他們，而是朝斗篷女子發出。

然而，細語還沒傳達過去，斗篷女子就不出聲地笑了。
黑色破獸生厭似的朝妖鳥揮下了前腳。
希未的眷獸發出炫目閃光及火花，並且炸開。除了用更龐大的魔力剋制外絕對無法造成傷害的眷獸，被漆黑破獸輕易地當眾摧毀了。
琉威射出的必殺子彈則精準地被斗篷女子的心臟吸入，直接穿透了她的身體。命中的衝擊、損傷都沒有出現，甚至連彈道也沒有變化。槍彈無法觸及女子的肉體。那一幕簡直只能看成是狙擊幽靈的景象。
「黛瑞絲……！」
「怎麼可能……」
攻擊的結果始料未及，讓希未和琉威停下動作。
趁他們分神的空檔，漆黑破獸吐出了閃光。那陣光芒化為黑色利刃，將希未和琉威連同廣大的叢林一同掃過。
太過一面倒的殘酷光景。古城連聲音都發不出地看著這些。
「這是怎麼回事……究竟為什麼會這樣！」
雫梨帶著悲愴表情喊了出來，手裡所舉的長劍劍鋒就像在燃燒，散發出深紅光芒。
她挺身保護受傷的優乃與古城，擋住了破獸的閃光。因為有吞噬魔力的「炎喰蛇」，她才勉強撐過來的吧。

但即使靠「炎喰蛇」的力量，也不保證能打倒無法觸及的「幽靈」——

『你懂了嗎……曉古城……？』

陷入火海的叢林裡響起了斗篷女子的說話聲。出自魔法而非聲帶，缺乏抑揚頓挫的不自然嗓音，當中還蘊含深不見底的惡意以及一絲絲憐憫。

『重複幾次都一樣……你保護不了任何人……』

「妳是說……重複……？」

女子出言挑釁，讓古城腦中受到了震盪般的衝擊。

喪失的記憶；既視感奔流。

自己從何而來，為什麼會待在這裡——中斷的思緒纏住指尖。

沒錯。古城知道這個世界的祕密。

「難道說……我的記憶之所以會消失……」

『你所冀望的平穩，只是幻想……由你親手……破壞一切吧……』

「住口……住口，住口，住口！」

古城從全身湧現怒火，視野逐漸染成深紅。

能否召喚眷獸已經不是問題了。在斗篷女子挑釁下，古城任由情緒爆發。第四真祖的龐

大魔力毫無限制地被解放，叢林的大地就像在呼應其波動而劇烈震動。

「古城！」

雫梨發現古城的模樣不尋常，握著劍的手就添了力道。

在她眼裡，有深刻的苦惱與躊躇浮現。

如今失控忘我的古城已成了比破獸更大的威脅。再讓他繼續釋出無窮的魔力，這座迷宮……不，恩萊島本身難保不會瓦解崩壞。

能予以防止的只有雫梨。一旦判斷曉古城的存在會構成危險，就要立刻斬了他。這是雫梨身為修女騎士被賦予的使命，可是這也代表身為班長的她要親手殺害自己的班員。

雫梨陷入糾葛，斗篷女子便嘲弄似的對她大笑。

古城因憤怒而震盪的魔力化成了青白色閃電，正在搖撼世界。

雫梨握劍的手發抖了。

隨後，古城高高地舉起右臂。從他自己咬破的嘴脣流下一道鮮血，帶有魔力的深紅霧氣包圍住古城四周。

他正準備解放被封印的第四真祖眷獸。

雫梨受到來自本能的恐懼驅使而放聲尖叫。

獸影在古城背後搖曳，大地迸裂。瀕臨危急之際——

『不可以喔，學長——』

雫梨聽見了像在斥責小朋友的溫柔嗓音。

彷彿要依偎在失控的古城身邊，有個隱約顯得透明的少女現出身影。

少女全身圍繞著有如暴風沙的七彩塊狀雜訊，而且她的右手還握著閃耀銀光的全金屬製長槍。跟雫梨他們前天在地上遇見的幽靈少女一模一樣。

「…………！」

少女的聲音帶來了契機，讓古城眼裡取回理性的神采。即將失控的魔力如幻影一般消失，天搖地動的異象也逐漸緩和下來。

『獅子王機關的……劍巫……妳為何會……？』

斗篷女子又驚又怒，聲音顫抖。

幽靈少女出現，導致她的餘裕被硬生生剝奪。

漆黑破獸放出閃光，朝幽靈少女衝了過去。

少女卻面色不改。破獸放出的黑色閃光被她用長槍輕易消除，連漆黑破獸本身都被她一槍劈開，像幻影一樣消失無蹤。

當破獸碎片散發出光粒消失時，斗篷女子也融於虛空似的消滅了。她隱匿身影逃了。

「妳是什麼人！那把長槍到底是……？」

雫梨朝手握銀槍的少女問道。

少女一語不發地舞出槍花。被塊狀雜訊圍繞的模糊身影中，只有她那把槍耀眼地展現出幾乎令人眼花的存在感。

「唔！」

雫梨把劍指向了少女。

幽靈少女似乎敏銳地察覺到雫梨的殺氣，也靜靜地跟著舉槍擺出架勢。讓人聯想到柔韌貓科猛獸而毫無破綻的架勢；有如清澄湖面的靜謐鬥氣。

相對地，雫梨則是以左上段起手，亦稱火之式的攻擊型架勢。用攻擊速度彌補攻擊範圍(Reach)的不利，以裂帛氣勢賭上頭一擊。

宛如時間停止的濃密寂靜降臨了。

雙方互相預判彼此的呼吸與間距變化，就在緊張達到巔峰的瞬間——

「住手，姬柊！」

古城衝到幽靈少女的面前保護雫梨。

於是，少女似乎從一開始就篤定他會這樣行動，默默地刺出長槍——對準張開雙臂的古城心臟。

「咦……」

古城望著貫穿自己胸口的槍尖，無助地發出咕噥。

這樣的他全身被淡淡的光芒包圍了。跟幽靈少女的身影一樣，那是散發七彩光芒的塊狀雜訊。兩人以長槍連在一起的身影如蜃景般搖晃，並且逐漸消失。

「古城！」

雫梨朝少年轉淡的背影伸出手。

可是，她的手指並沒有碰到古城的肉體，白白地穿過了虛空。

即使腳步踉蹌的雫梨回過頭，那裡也沒有他的身影。世界最強的吸血鬼與手持銀槍的少女一塊消失了，彷彿他們兩人從一開始就不存在於這個世界。

現場只剩下雫梨與失去意識的優乃。

古城最後所站之處，有他原本穿的軍用連帽衣掉在那裡。

雫梨茫然地放掉長劍，把那件灰色連帽衣捧到懷裡。

幕間 ii

陽光從海平線盈湧而出，將沙灘照得白亮。

拂曉前的平靜海面。碎浪靜靜打來，打溼了如死去般沉睡不醒的少年身體。那是個趴臥在岸邊，長相平凡無奇的少年。

他的制服背後有著像是被銳利刀械戳破的裂縫。

沾在裂縫四周的則是血跡。從傷口流出的鮮血，將他的背後染成了顏色鮮豔的深紅。那是換成常人便免不了失血致死的深邃傷痕。

少年的嘴唇失去了血色，呼吸急促而且不穩定。

這樣的他，臉龐受到呼嘯的大氣撼動。近似遠方雷鳴的不規則低頻震動聲。

異響逐漸變得清晰，最後成了渦輪軸引擎的轟鳴聲。

「唔……！」

狂猛風壓撲來，讓少年發出了苦悶的聲音。

色澤低調得像要融入天空的灰色航空器讓海面劇烈生波，從天而降。那是歐洲蒂諦葉重

工製造的多目的偵察用直升機。

探照燈以刺眼光芒照出倒臥的少年背影。

為了躲避光芒，少年在意識朦朧間爬行於沙上。

隨後，沙灘響起了羽毛般輕盈的腳步聲。有個嬌小少女從停在空中的偵察直升機縱身跳下。

「終於找到你了，學長。」

少女用流露出疲倦與安心感的語氣說道。

她那令人莫名懷念的嗓音，讓少年緩緩地睜開眼睛。

雖然稚氣未脫，卻有張漂亮臉孔的女孩。身姿苗條嬌柔，但並沒有弱不禁風的印象。有如名匠鍛造的刀刃，可以感覺到柔中帶剛的少女。

她穿著藍領純白水手服，手裡則握有全金屬製的銀色長槍。

「……妳叫我……學長？」

少年在意識混亂中反問對方。此時他感覺到的是焦躁，自己只差一點就能觸及理應被藏在某處的記憶了。

少女的名字、身分，還有她叫他學長的理由——原本應該了然於心的事情都想不起來。

這般事實讓他有種近似焦躁的不快感。

「難道你不記得嗎，曉『學長』？」

少女像在窺伺他的反應，同時還莫名其妙有些鬧脾氣似的說完以後，就靜靜地舉起長槍。亮澤秀髮隨風飄舞，蘊含堅強意志的眼睛直直地凝視少年。

磨利的銀色槍鋒指向仍倒地不起的少年喉嚨。

這似乎成了導火線，他的腦海裡迸出火花。龐大記憶像閃光般一舉湧上，那股衝擊使他發出痛苦的呻吟。

不過那是發生在片刻之間的事情。好似長夢初醒，腦海中的迷霧逐漸散去。

古城因胸口所留下的疼痛皺起臉，從沙灘上蹦了起來。

「姬柊！」

他一邊將濕掉的瀏海往上撥，一邊回望手持長槍的少女。獅子王機關的劍巫，姬柊雪菜——「第四真祖」曉古城的「正牌」監視者。

「是的，學長。」

雪菜緩緩放下長槍，然後安心地微微笑了笑。之所以還留有些許鬧脾氣的調調，應該是因為她對古城就是那麼擔心。

然而，古城接著提出的問題，立刻讓她那張含蓄的微笑為之僵凝。

「卡思子呢？她在哪裡？」

「……啊？」

雪菜忽然抹去所有表情，眼睛眨也不眨地望著古城。

可是，古城卻粗心到連她的變化都沒察覺，還神情嚴肅地繼續問：

「我是說卡思子啦，香菅谷雫梨．卡思緹艾拉！原本跟我在一起的白髮——」

妳也有看見吧——古城差點脫口說出這句話。雪菜卻斜眼瞪著他，陷入了沉默。接著雪菜淡然問道：

「白髮的漂亮女生，對不對？」

「對啦。嗯，要說她漂亮倒也沒錯。」

古城對雫梨的印象是：喜歡嘮叨兼管東管西的女生，不過光論外表的話，她確實是個令人驚豔的美人胚子。

古城坦然招認出事實，雪菜就更加冷漠地望著他說：

「學長，你跟她是什麼關係？」

「與其說我們有關係，其實我只是單方面被她監視……我也不曉得她所謂的監視者是什麼名堂，反正我在恩萊島的期間都一直被她跟進跟出——」

「原來如此。意思是學長都跟她在一起，對不對？」

這樣啊——雪菜自言自語般嘀咕，然後親切地露出了微笑。無可挑剔的完美笑容。可是古城面對她那張笑容，卻莫名其妙地發冷還僵得無法動。

「能不能請學長告訴我詳細情形呢？」

雪菜用力緊握銀色長槍並問道。

朝陽從海平線升起，照亮古城他們所在的海岸。

現代化的高樓大廈從朝霧中浮現。用碳纖維、樹脂、金屬與魔法打造的人工都市，「魔族特區」紘神島的景致。

維持滯空的偵察直升機的引擎聲仍在古城他們頭上響著。

而古城只是茫然地望著懷念的人工島面貌。

彷彿那是座陌生的島——

第三章 另一個現實

Another Reality

1

藍羽淺蔥正從巨大建築物的樓頂俯瞰早晨的市容。

建築物的名稱為基石之門，位於紘神島中央，呈倒金字塔形的大型建築。不僅掌管電力、通訊、交通管制等紘神島的所有都市機能，還兼為人工島本身的安定裝置，名符其實地等同於島上基石(Keystone)的建築。

由海面下四十層樓、地上十二層樓構成的基石之門樓頂，在缺乏起伏的人工島上是最高的地方。無以遮蔽的盛夏蒼穹就飄在淺蔥頭上，在她眼底則有整片紘神島的現代化市容。

基石之門的樓頂並沒有防止摔落的圍欄。

因為那是沒有設想過要讓普通民眾進入的區塊。

但淺蔥眼裡並未顯露出畏懼或緊張之色。

光著腳的她隨意將腿伸出樓頂邊緣，憂愁似的嘆著氣。

捧在大腿上的筆記型電腦畫面上有看似咒語的奇妙文字列流過。

聖域條約機構向絃神島發動的大規模攻擊——

從俗稱「真祖大戰」的國際性大事件發生後，大約經過了四週。

在這段期間，絃神島及周邊情況有了很大的改變。

絃神島已從日本獨立這一點可說是最大的變化。目前絃神島並非日本國內的都市之一，而是在世界上排名第四的夜之帝國(Dominion)——第四真祖領地「絃神市國」。

意外的是，獨立伴隨而來的政治摩擦並沒有發展成大問題。

至少在這當下就沒有國家對第四真祖採取的行動公然提出異議。

於聖域條約機構進攻之際，日本政府放棄了絃神島的領土權，便無法對第四真祖占據絃神島一事表示抗議，這也是因素之一。

另一方面，對日本以外的各國來說，第四真祖於國際政治舞台上現身反而是值得歡迎的事情。因為這樣不只能光明正大地監視日本政府以往藏起來的第四真祖，視情況甚至可以直接與之談判。即使別國認為現狀比只有日本政府能獨享並利用第四真祖的局面更有利，應該也沒有什麼好奇怪的。

話雖如此，絃神島與日本的關係並沒有完全斷絕。

儘管絃神島現在屬於國際法認可的主權國家，原則上與日本往來仍自由無阻。司法及財政方面都全面依靠日本政府，於島上進行警察活動的也是日本籍警察與國家攻魔官。將部分

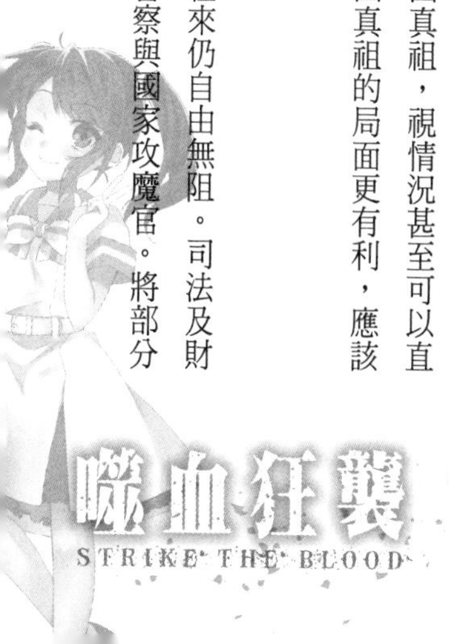

國家機能委由鄰國代管的型態，對絃神島這種規模的小國來說絕非罕見。有關糧食進口與經濟活動方面，大多也要仰賴日本，作為「魔族特區」的待遇亦保持原樣。某方面來說，絃神島與日本的關係稱得上比以前更加緊密了。

就算這樣，並不是一切都跟獨立前相同。

尤其是絃神島政府的負擔大幅增加了。

伴隨立國而生的龐大政治手續和辦公作業；對混亂的島民進行說明與維持治安；還有管理及調查迪米特列．瓦特拉留下的「聖殲」遺產——

出面因應這些的是矢瀨幾磨上級理事率領的人工島管理公社、前絃神市長藍羽仙齋，以及人稱「該隱巫女」的神祕天才程式設計師。

輔佐政府員工的高性能應用程式；遺產出現導致人工島市區一舉膨脹後，用於掌握其規模的都市管理系統；對可預料的外交難題加以預測，並導出解決方案的戰略性人工智慧。她不到一個星期就把所有程式建構出來了。

人工島管理公社擁有的傑出情報收集能力，以及藍羽前市長的行政手腕自是不提，實際上「絃神市國」可以從建國不久的困境中獲救，應該可以說是她的功勞。

然而，在無人的樓頂上攤開筆記型電腦的少女卻絲毫沒有以那些功勞為豪的跡象。

她的意識正專注於畫面上不停捲動的奇特文字列。那是她靠逆向工程取得的某個程式的原始碼。

不過說到底，那真的能稱為程式嗎——

那套編碼與現存的所有電腦語言都不同。令人匪夷所思的龐大多元處理（Multi Process），由目前仍未解開的數理理論奠基而成的詭異演算法。正常來看會覺得意味不明的子程式，明顯是打算與魔法並用才建構出來的。尋常技術人員別說要解讀或逆向組譯，也許根本就認不出那是程式。

淺蔥就像解析深奧字謎的解謎狂，逐步解讀著那套奇特的編碼。她眼中浮現的好戰光芒要稱為純粹的求知欲則未免過於猙獰。

『唷，小姐。狀況如何？』

有電子合成語音對自信地微笑的淺蔥問道。

聲音來自顯示於電腦螢幕邊邊的３Ｄ醜布偶ＣＧ。淺蔥取名為摩怪的輔助人工智慧（AI）——管理絃神島所有都市機能的五座超級電腦的化身。

「哪有什麼如不如何，就跟你看到的一樣啊。這玩意兒的作者不正常。由外部進行魔法演算的想法跟『聖殲』像歸像，可是技術上的難度簡直不能比。」

『畢竟「聖殲」終究是以魔法為主體，外部演算純屬輔助。』

「就是啊。還有摩怪，你注意到了嗎？這套編碼——」

『是的。照理來說非得要有的數據輕量化，還有處理效率化的手續都被省略了。照這樣執行負擔太重，就算是最新的超級電腦也無法正常運作。』

「要嘛是單純偷工減料，否則就是作者認為不需要效率化——」

淺蔥嘀咕到一半，便感覺自己的背脊寒毛直豎了。

以單一軟體而言，這裡所存的程式確實有欠效率。可是，假設能用硬體性能來彌補軟體欠缺的效率——多餘的處理被省略，整體運行速度便能提升。數據沒有經過輕量化，代表演算精度會變高。即使是現代電腦無法處理的龐大數據，只要技術繼續進化，十幾年後要這樣演算並非不可能。

可是，要把這套推論說出口就有點恐怖了。因為那等於承認這套程式碼是為了目前尚不存在的未來硬體才編寫出的產物。

『唉，先不提那些了，我說小姐啊——』

摩怪似乎要調戲戰慄的淺蔥，就換了講話的腔調。他那種隱約賣著關子的口氣，讓淺蔥不悅地抖了抖眉毛。

「怎樣啦？」

『有簡訊寄來嘍。矢瀨發的。』

「基樹發的？他有什麼事？」

淺蔥用漠不關心的語氣問。她的視線仍對著筆記型電腦的螢幕。

摩怪用電腦內藏的鏡頭望著這樣的她，挖苦似的咯咯笑道：

『好像找到古城小哥的下落了。據說呢，目前直升機正要送他去醫院。』

「——欸，你早說嘛！」

淺蔥粗魯地蓋上執行到一半的電腦，使勁站了起來。

2

在絃神島本島的周邊海域，有呈漩渦狀散布的人工群島漂浮著。

那是咎神該隱留下的古代超文明遺產——「咎之方舟」。

這人工群島的真面目，就是用來在名為異境(Nod)的異世界保護民眾的咎神居城。內藏眾多自動防衛機構與古代兵器，還曾經成為禍因，將全世界捲入大戰的巨大城塞都市。

不過，它們已經在之前的「真祖大戰」中失去作為兵器的威脅性了。

在戰王領域的「蛇夫」迪米特列·瓦特拉與「第四真祖」直接對決的波及之下，「方舟」的武裝幾乎毀壞殆盡。

現在的「方舟」，不過是圍繞在絃神島周圍的廣闊人工島罷了。
內部調查才剛開始，「方舟」的全貌仍舊不明。然而，道路與港口都已展開建設，希望移居至此的人們更從世界各地陸續湧來。
原本下落不明的第四真祖——曉古城被發現的地點，則是在「方舟」最南端，無人超大型浮體構造物的人工沙灘上。
這是曉古城失蹤以後第三天早上所發生的事。

「才三天……？」
空氣中充斥消毒水的氣味，古城盤腿坐在硬梆梆的病床上並發出疑惑之語。
時間是上午八點多，地點在彩海學園保健室。偵察直升機找回漂流到岸邊的古城以後，花了約三十分鐘返航至絃神島本島。它把古城等人送到了彩海學園的校園。
降落地點之所以不是人工島管理公社，是因為這屬於跟「絃神市國」無關的非官方活動。儘管期間只有三天，總不能讓市民得知夜之帝國的領主剛建國不久就好像失蹤了。
至於他會在學校保健室，則是因為吸血鬼真祖擁有不老不死的肉體，就算帶去醫院也毫無意義。話雖如此，治療倒也並非完全不必要。
「是的。學長，你失蹤了『三天之久』。」

雪菜一邊幫古城赤裸的上半身纏繃帶，一邊帶著嚴肅的臉色回答。

繃帶底下的紗布吸了血變成紅黑色，每次呼吸都會造成劇痛。那是被雪菜以「雪霞狼」刺穿的傷痕。

吸血鬼真祖雖為不死身，卻不是任何傷勢都能瞬間痊癒。因為也有這種能妨礙魔族痊癒能力的特殊攻擊存在。

被雪菜用長槍捅的傷所受的影響尤其可觀。應該是能讓魔力無效化的神格振動波殘留於傷口，仍持續造成傷害所致。

古城被雪菜用長槍刺穿，算來這是第三次。之前兩次也需要相當時間才能痊癒，但這次的傷勢是至今以來最嚴重的。畢竟傷口深得可以貫穿到背部，讓心臟附近開了缺口，嚴重傷勢換成凡人就算當場斃命也不奇怪。

話雖如此，面對雪菜憔悴至極的模樣，古城也不太能抱怨什麼。基本上，他連自己目前所處的狀況都理解得不夠清楚。

「男友大人失蹤後，劍巫大人就陷入了驚慌狀態是也。據在下所見，她這三天幾乎都沒有睡覺是也。應該連飯都沒有好好吃。」

穿著名門小學制服的紅髮少女用格外拘謹的語氣接著說道。

歐洲蒂諦葉重工創業者家族的掌上明珠，麗迪安・蒂諦葉。目前實際年齡仍是小學生，過人智慧卻與完成博士學程者相當的菁英兒童。為了找回古城而駕駛偵察直升機出動的人其實也是她。

「是這樣嗎？」

古城聽了麗迪安的說明，便抬頭看向雪菜確認。雪菜「唔」地語塞，還莫名其妙像在生氣地瞪了古城。

「監、監視的對象弄丟了，我當然會焦急啊！」

「是嗎？總覺得過意不去呢，害妳擔心了。」

古城把手伸向抓著繃帶的雪菜，輕輕地摸了摸她的頭。

雪菜臉紅，默默低著頭一陣子，但不久就紅著臉在抓著繃帶的手上添加力道。她似乎莫名地冒出怒火了。

「……害人那麼擔心，你想說的就只有這些嗎！」

「很痛耶！欸，姬柊……妳把繃帶纏太緊了……會痛啦！」

「……先告訴你，我們幾個也一樣擔心。絃神市國獨立還不到一個月，最要緊的第四真祖就被綁架，這可不是鬧著玩的。」

矢瀨基樹拉開罐裝咖啡的拉環，難得地透露出真心話。

儘管語氣跟平時一樣輕浮，眼睛底下的深深黑眼圈卻道出了他的辛勞。畢竟矢瀨目前在立場上是人工島管理公社的最高負責人。

可是，古城卻一臉不高興地嘆氣說：

「那也無妨吧。反正平時就是把麻煩的交涉事務全部交給替身去辦。其他夜之帝國的真祖還不是很少在人前現身？」

「不在人前現身，跟憑空失蹤完全不一樣吧。」

「哎，那倒也是啦……」

古城不情願地接受了。他在「真祖大戰」中單方面宣布獨立以後，之所以勉強能用第四真祖的身分經營夜之帝國，大多是靠成為矢瀨家總帥的好友鼎力相助。在這種情況下，身為騷動元凶的古城擅自消失了，矢瀨想發牢騷的心情也不是無法理解。

「所以呢，結果到底出了什麼事？我要聽你一五一十地說清楚。」

矢瀨因咖啡的苦澀皺起臉孔，並直截了當地轉向古城。

「是啊。還有學長跟那名叫作香菅谷的女性有什麼關係，也要仔細說明。」

雪菜幫古城治療完，也快速地把臉湊過來問道。大概是因為睡眠不足，她今天早上的眼神亂恐怖的。

「我從剛才就講過好幾次了吧。這半年來，我都在名叫恩萊島的『魔族特區』接受攻魔師訓練。有跟式神打模擬戰，也有在地下迷宮對付惡靈——」

「……半年是嗎？」

雪菜微微蹙眉。由他們的主觀來看，古城失蹤的時間只有三天。她沒辦法照字面上認同古城所說的半年也是無可厚非。

「在地下迷宮打退惡靈啊……」

另一方面，矢瀨則露出似乎隨時都會笑出來的冷靜臉色。他從口袋裡拿出智慧型手機，輸入簡短的字句，然後把螢幕轉向古城那邊。

「你說的，該不會是這玩意兒？」

「這是……？」

古城望著矢瀨遞過來的智慧型手機，困惑地瞇起眼睛。因為螢幕上顯示著知名玩具廠商的官方網站。

「這是電玩遊戲啦，Carceri Arcade。坐進專用膠囊型機台就能融入遊戲世界的ＦＳＶＲ——好像叫全感官對應型虛擬實境（Full Sence Virtual Reality）動作遊戲來著。」

「……名字叫Arcade，所以是擺在電玩中心或遊樂園的那種大型街機嗎？」

古城一邊捲動手機畫面，一邊感受到胸口有種悸動的感覺。

他不認為網站顯示的遊戲影像和自己在恩萊島的體驗有共通處，可是對看似棺材的大型遊戲機台本身卻隱約有看過的印象。

「男友大人在泰迪絲商場的電玩區參加了這款新遊戲的試玩活動，然後就沒有出來了是也。」

「我……沒有出來？」

古城望著麗迪安反問。

縱使算不上電玩迷，古城也跟一般人一樣會玩電玩遊戲。國中時期就常有朋友在社團活動結束後，邀他順道去電玩中心。如果需要複雜的知識或技術就比較吃力，但是他私底下對單純靠反射神經與直覺就能玩的遊戲還滿有自信。

所以說，要是碰巧遇到感覺有意思的新遊戲在舉辦試玩活動，古城會一時興起而參加也沒有什麼好奇怪的。然而，他不明白「參加後就沒有出來」是什麼意思。

「你在機台中消失了啦。像高超魔術師變的把戲那樣，連痕跡都不留。」

為了回答古城的疑問，矢瀨冷淡地繼續說道。

「後來姬柊抓狂的樣子可猛了。」

「……咦？」古城皺了眉頭。他搞不懂矢瀨說的抓狂是什麼意思。

「聽說泰迪絲商場有好幾個警衛人員都住院了；遊戲公司的負責人也嚇得心智退化成幼兒，這幾個星期的記憶好像都不見了。」

「姬柊……妳……」

「不、不是的！我只是考慮到有集團綁架的可能性……不是你們想的那樣！」
雪菜被古城目瞪口呆地盯著看，就帶著泫然欲泣的表情辯解。
傷腦筋——古城一邊嘆氣一邊又把視線轉回手機。
「Carceri Arcade是嗎……名稱確實很類似，不過那才不是遊戲啦。就算用上最新技術，也不至於真的出人命或感覺到疼痛吧？」
「那當然了，畢竟只是遊戲啊。聽說多少會搖晃或感覺到刺激就是了。」
矢瀨滋滋有聲地啜飲剩下的咖啡，並且聳了聳肩。
古城看似痛苦地皺起臉搖搖頭。琉威、希未、大倉山，還有他自己——古城曾在咫尺間體驗到眾人死去，這些他都明確地記在心裡。
「那才不是單純的刺激，我們幾個是真的死了。死了好幾次，一再重複。」
古城嘗到死的滋味並非只有一次。他待在恩萊島的半年來，有過好幾次隊友全滅的經驗。不對，到全滅為止的半年歲月，他重複體驗了好幾次。
這顯然有所矛盾，卻也是無法另作說明的事實。
基本上，事到如今就算多一絲矛盾也沒有多大差別。畢竟要是信任雪菜他們的說詞，古城失蹤的期間才不過短短三天。
「在下與各位也沒有認真覺得男友大人進入了遊戲世界是也。萬一真有其事，那倒是頗有意思是也。」

「既然如此，我是跑到哪裡了？恩萊島究竟在什麼地方啦……！」

古城有些怨恨地瞪了冷靜點出事實的麗迪安。

光討論古城被擄走的經過，再怎麼講，應該都可以用魔法得到說明。能瞞過絃神島的警備網還有雪菜的監視確實有一手，不過那並沒有多重要。

古城更在意的是留在恩萊島的雫梨與優乃。

雫梨她們現在恐怕還被留在迷宮裡。可以的話，他想立刻回去恩萊島救她們。擄走自己的凶手身分為何，還有時間感覺上的矛盾，大可之後再思考。

「『魔族特區』……恩萊島……」

矢瀨同情似的望向古城，然後有些挖苦地嘀咕了。

「那樣的島並不存在。」

「……不存在？表示它其實有別的名稱嗎？」

「不。你所知的恩萊島，是不存在於這個世界上任何地方的土地，這才是我要表達的意思。當然，在網路上的虛擬空間也一樣找不到。」

古城看矢瀨緩緩搖頭，嘴裡便吐露：怎麼會？

恩萊島才不是遊戲中的虛擬世界。麗迪安也認同這一點。

可是，要說它也不存在於現實世界就莫名其妙了。既然如此，古城之前生活的那個世界到底是怎麼一回事？

「對了……姬柊！妳曉得恩萊島吧……？」

古城使勁回頭看了雪菜。雖然僅有一瞬，但雪菜確實曾在恩萊島的古城面前現身，她是明白恩萊島實際存在的證人。

雪菜卻不知為何咬住嘴脣，曖昧地搖頭。

「關於恩萊島的所在地，你別問劍巫大人，改向女帝大人請教應該比較好是也。」

麗迪安代替沉默的雪菜回答。

「女帝？妳是指淺蔥嗎？」

「正是。若無女帝大人獻策，也無法把劍巫大人送到那個世界。」

麗迪安有些得意地告訴古城。雪菜聽了她的話，也默默地點頭附和。

「我剛才有先聯絡過淺蔥，所以我想她之後就會來這裡。」

矢瀨說完，就從古城手裡拿回自己的智慧型手機。

看來矢瀨他們並不打算繼續解釋恩萊島的真面目。或者說，也許他們對詳情也不了解。

「細節要直接問淺蔥，是這個意思嗎？她知道全盤的真相對吧？」

「是啊。與其由一知半解的我們在這裡說明，那樣也比較節省時間。」

雪菜不知為何帶著擔心似的緊繃神情點了頭。她從剛才就瞄了好幾次時鐘留意。

「何況在藍羽學姊抵達以前，學長還有非完成不可的重要任務。」

「……任務？」

古城感覺到苗頭不對，便擔心地發出嘀咕。受傷的他會被帶來彩海學園而不是回家，理由似乎就是出在那所謂的任務。

然而，古城憑空失蹤後剛剛才回來，傷勢也還沒有痊癒，更重要的是他惦記著雫梨等人，坦白講根本就無心應付那些名堂。

即使如此，古城還是無法對雪菜提出抗議。他被她的氣勢所震懾了。

雪菜面對面望向古城，然後靜靜宣布，臉上帶著從未有過的嚴肅神情——

「是的。嚴酷的考驗。」

古城只得對她說的這句話點頭。

3

「欸，摩怪……這是什麼啊？」

基石之門中央區塊的地下二樓。淺蔥面無表情地杵在人工島管理公社的正面玄關前。

她面前的門廊底下停著陌生的交通工具——全身塗成粉紅色的小型陸戰兵器。近似陸龜的圓乎乎外型，搭配備有球形輪胎的四隻腳。主武裝為短砲身的八十四毫米低後座力砲，副武裝為兩門五點五六毫米機槍及其餘眾多兵器——

『試作型有腳戰車Ⅶ號「鈴鹿」。雖然火力與裝甲強度遜於「戰車手」小姐的「膝丸」，但是在機動性與電子戰裝備是我們占上風。據說吸排氣系統與關節都有配合絃神島的氣候，施以專門的調整。』

從淺蔥緊握的智慧型手機裡傳出了莫名得意的說話聲。摩怪的聲音。

「我是叫你幫忙招計程車！誰要你準備戰車了！」

淺蔥指著停下來的戰車叫了出來。摩怪毫不慚愧地咯咯發笑。

『這比計程車要快吧。公路行駛許可已經發下來了，所以不用擔心。』

「哎唷！先告訴你，我可不穿那套駕駛裝！」

『既然如此，請換這套提高透氣性的鏤空款式——』

「誰會穿啊！」

淺蔥瞪著顯示於手機畫面上的校用泳裝風格駕駛裝吼了出來。光是在大街上搭戰車走動就已經讓人頭痛了，還被要求穿那種丟臉的衣服，沒人受得了。

「夠了！反正又是基樹那邊指使的吧！意思是我可以不帶護衛，但至少要搭戰車？」

『答對了。因為這座島最近也挺不平靜啊。』

「唉，我倒不是不懂他的心情啦。」

淺蔥的語氣透露出不耐，把手放到了戰車裝甲上。她爬上位於甲殼部位的駕駛席（Cockpit），並且留意裙子的下襬，把腿跨到機車風格的前傾式座椅。

雖然淺蔥本人並沒有特別自覺，但是她擁有名為「該隱巫女」的特殊體質。淺蔥無意識發揮的魔法性演算能力，就是以「聖殲」之名為人所知的易世禁咒之鑰。

那代表淺蔥是與第四真祖同級，或者更勝於彼的危險人物。

畢竟得到「聖殲」力量的瓦特拉就曾和吸血鬼真祖們周旋且占得優勢，還差點隻身毀滅聖域條約機構的多國籍艦隊。

幸好曉得淺蔥真面目的人仍算少。但就算這樣也大意不得。既然「聖殲」已被確認實際存在，世界上的各方勢力都針對「該隱巫女」展開行動了，因此矢瀨想替淺蔥安排自衛用的戰力就不得不說是合情合理。

話雖如此，搭粉紅色有腳戰車（Robot Tank）在街上跑，未免也太顯眼——淺蔥並非沒有這種感覺。

『假如護衛和戰車都讓妳排斥，倒還有另一個方法就是了。』

摩怪似乎看穿了淺蔥的不滿，便語氣認真地說。有腳戰車載著她，剛開上前往人工島南

區的高速公路。

「你說有方法，是什麼？」

淺蔥一面提防一面表示有興趣。聽到有方法從這輛丟臉的戰車得到解脫，她實在無法漠不關心。

摩怪亂有人味地對淺蔥這樣的反應咯咯笑了笑。

『簡單來說呢，只要小姐有足以保護自身安全的力量就行了吧。好比不死之軀或無窮的魔力。』

「你在胡說什麼啊？現在哪有可能弄到那種力量？我又不是吸……血鬼……」

當淺蔥差點冷冷否定摩怪的提議時，她恍然大悟地倒抽了一口氣。

撇開身為人工吸血鬼的第四真祖這種例外不提，人類要以後天形式變成吸血鬼並不可能。不過要得到與吸血鬼同等的力量，方法是有的。

「——欸，難不成你是要我成為吸血鬼的『隨從』嗎！」

『與其稱作吸血鬼的「隨從」，具體來說應該是古城小哥的「伴侶」啦。』

摩怪刻意用冷靜的語氣告訴淺蔥。「血之隨從」或者「血之伴侶」——那是與吸血鬼訂下契約而成為其眷屬的假性吸血鬼總稱。

他們有別於純粹的吸血鬼，並不能召喚眷獸，但是成為「隨從」後得到的不死性與魔力，與身為「主人」的吸血鬼幾乎不分上下。視「隨從」自身的本領而定，據說戰鬥力超越「主人」的分子也絕不算少。

另一方面，成為吸血鬼的「隨從」也就代表要伴著主人永生。和吸血鬼訂契約，那本身就是種凶猛的詛咒。

然而，摩怪理應知道這一點，口氣聽起來卻只像在戲弄淺蔥。

『並不是說先搶先贏啦，不過好像也有情敵已經定下暫時契約了，我覺得要勾引古城小哥最好趁早喔。』

「說……說什麼傻話，我才沒有想過要當『伴侶』——」

淺蔥用高八度的聲音反駁，並且粗魯地捶了駕駛席的操控面板。行進中的戰車配合駕駛者的動作搖晃，展開危險的蛇行。跑在周圍的車輛急忙改換車道，高速公路上響起了劇烈的輪胎磨地聲與抗議的喇叭聲。

『鎮定點，小姐。就算目前是自動駕駛狀態（Autopilot），在駕駛席大鬧也會有危險。』

「你以為誰害的啊！還不是因為你扯那些無聊的事情——」

淺蔥對摩怪彷彿事不關己的忠告破口大罵。

然而，她的反駁被預料外的衝擊打斷了。有腳戰車急遽減速，淺蔥趴倒在座椅發出「唔呀」的尖叫聲。

「這次又怎麼了！」

『敵人來襲。』

「敵人？」

摩怪格外認真的答覆聲讓淺蔥也跟著收斂表情。

猛烈的輪胎磨地聲再次響起，原本想追過淺蔥的後方車輛打滑飄移。因為它們想閃開馬路上出現的詭異怪物，車身都嚴重失去平衡了。

後方車輛的車體軋到護欄，火花四濺。可是，淺蔥現在沒空確認那些駕駛人的安危。

「唔，好噁！那是什麼！」

在道路上爬行的奇異身影讓淺蔥等人受到了驚嚇。

以形狀來說像貓，不過那醜陋而膨脹的身軀反倒有老虎或獅子那麼大，代替四肢支撐其肉體的是像水母一樣的無數觸手。

『無體溫、呼吸、脈搏。看來那是動物的屍體。』

摩怪一邊用有腳戰車的感應器掃描，一邊愉快似的發出嘀咕。淺蔥嚇得臉頰抽搐。

「行屍？表示那是死靈法師（Necromancer）的使役魔？」

『那倒是不無可能……但現在沒空確認了，對方要來嘍！』

「唔！等等……討厭啦！別過來！」

在摩怪發出警告的同時，行屍便以意外的速度跳了起來。

淺蔥反射性地讓有腳戰車後退，並解除戰術人工智慧（Tactical AI）的保險裝置。人工智慧啟動後，立刻發令展開自衛行動。前腳側面內藏的兩門機槍聲勢驚人地吐出槍彈。

迎面承受對付魔族的高膛壓彈藥，使得跳到半空的行屍被轟退了。落在地上的行屍殘骸沐浴到陽光，頓時融化似的瓦解潰散。

「意、意外地脆弱耶。」

『畢竟原料是單純的屍體。』

淺蔥望著沒兩下就消滅掉的行屍殘骸，放心地捂了胸口。

可是，她露出的安心神情只能維持一瞬。

因為有大小與形狀各異的成群行屍越過路旁擋板，像要包圍淺蔥一樣陸續聚集過來了。數量轉眼間超過數十，掩沒了整條道路。

『——不過，這樣的數量不太妙。它們再繼續增加下去，子彈就不夠了。』

摩怪吹起口哨，還用聽起來不曉得在高興什麼的語氣如此說道。有腳戰車「鈴鹿」裝載的左右機槍各有一百發子彈。當然沒有備有的彈藥。要對付大群怪物，彈藥量實在讓人無法放心。

「照這樣看，莫非它們的目的是堵住我的退路……？」

淺蔥發現施術者營造出這種局面的計略，臉上便顯露焦慮之色。

憑行屍的攻擊力，想來是無法打破有腳戰車的裝甲。然而，被它們包圍就十分麻煩了。行屍身上的濕滑黏液大有可能導致車輪打滑，轟碎的肉片若卡在關節更是慘不忍睹。最重要的是淺蔥不想靠近行屍。以陷阱來說，用詭異怪物搭起的肉牆比想像中還要有效。

『怎麼辦，小姐？要強行突圍就趁現在喔。』

「你叫我衝進去那群鬼東西裡面？怎麼可能做到嘛！我絕對不要！」

淺蔥一邊發出夾雜哀號的尖叫，一邊用機槍掃射。

從戰車前腳射出的子彈被耀眼光芒包圍了。內含微型魔法陣的深紅光粒。那是改變世界的咎神禁咒——「聖殲」的光芒。

行屍們被深紅子彈射穿，轉變成純白的鹽塊。「聖殲」是改寫世界的魔法。並不是行屍變成了鹽塊，而是行屍存在於那裡的事實本身遭到竄改了。淺蔥憑一己之力使不出魔法，然而以有腳戰車當觸媒，她就能取用一定程度的「聖殲」之力。即使遠不及「聖殲」原本的力量，要對付行屍這樣就夠了。

行屍組成的包圍網被打破，鋪滿鹽的白色道路隨之出現，殘存的行屍也無法踏進那條鹽道。鹽具備的吸濕強效會從行屍的黏液奪取水分，妨礙它們的行動。

「我們逃，摩怪！」

淺蔥讓有腳戰車衝向包圍網的破洞。車身一邊衝散鹽粒結晶，一邊甩開大群行屍展開加速。就在這時候——

『慢著，小姐！有人在！』

「不會吧！」

摩怪的警告讓淺蔥的表情僵掉了。儘管車輪會被粗糙鹽粒絆住，她仍讓有腳戰車緊急煞停。

有個身穿奇特服裝的少女站在高速公路中央，望著淺蔥的戰車。

有如修女的長長頭巾；附有裝飾，讓人聯想到中世紀騎士的長大衣；背後揹著金屬製鎗矛，配在腰際的則是長劍。

「難道……那個女生就是操控行屍的施術者……？」

淺蔥瞪著螢幕上映出的少女，困惑地發出嘀咕。

純白的長髮與藍色眼睛。對方是個容貌好似從奇幻遊戲中冒出來的美少女，然而她在這種情況下擋住淺蔥的去路，想來不會是單純的cosplayer。

少女帶著僵硬如冰的表情拔出長劍了。起伏如火的優美劍刃被深紅光芒所籠罩。

「那柄劍……！」

淺蔥感覺到無法言喻的恐懼，便命令戰車閃開了。有腳戰車發出聽似痛苦的尖銳摩擦聲後退。

「摩怪，展開屏障（Shield）！」

『了解。』

人工智慧挖苦似的應聲，同時深紅光芒包圍住戰車四周。屏障以戰車為中心展開呈正方體，並將追來的眾多行屍轉變成無害的鹽塊。

可是，理應操控著行屍大軍的少女目睹那幕景象也沒有改變表情。她靜靜地舉起長劍，然後無聲無息地隨手揮下。

玻璃碎裂般的尖銳聲音響起，深紅四方體消失無蹤。

怎麼會——淺蔥的呼吸開始顫抖。

「那柄劍是什麼玩意兒！『聖殲』的屏障被打破了耶！」

『與其形容成被打破，感覺比較像魔力本身遭到吞噬。』

嗯——摩怪用興趣濃厚的語氣說道。

少女所握的長劍在斬斷屏障後，劍刃顯然更添光輝了。如摩怪所說，那柄劍吞了「聖殲」的魔力。

「現在哪是冷靜分析的時候！準備電磁麻痺彈（Stun）！快點！」

淺蔥快言快語地對戰車的戰術人工智慧下令。就算是她，也沒有膽量對血肉之軀的人類發射實彈。

然而，白髮少女趁著戰車切換武裝的短瞬空檔，一口氣拉近與淺蔥的距離。她的右手仍拿著長劍，左手則抽出背後的鎚矛。

有腳戰車的感應器對塞在鎚矛的炸藥產生反應，響起了急促的警告聲。在緊貼狀態下用炸藥予以直接打擊，由步兵發動的反坦克戰術——肉搏攻擊。

「迴……迴避！」

淺蔥想讓戰車退後。可是，少女的攻擊比較早。銀色鎚矛直擊戰車側腹，鎚矛尖端將輕量的ＦＲＰ裝甲打碎並且陷入其中。

少女捨棄鎚矛離開後，閃光就在戰車表面炸開了。

具指向性的爆壓從戰車內部呼嘯而過。車體如皮球般彈跳，衝撞到道路的側牆。爆炸規模絕不算巨大，可是要破壞戰車的機能已經足夠。

「摩怪……！你聽不見嗎，摩怪！」

淺蔥被吸收衝擊的氣囊擠成一團，同時仍拚命呼叫搭檔。然而摩怪沒有回答。無論性能再高，它終究是人工智慧，被摧毀殆盡的戰車內部沒有它能操控的電子機器。

駕駛席艙門像被掀掉一樣大大張開。陷入癱瘓的有腳戰車讓安全裝置啟動了。

為了滅火而噴出的冷卻液變成濃霧，籠罩住戰車。

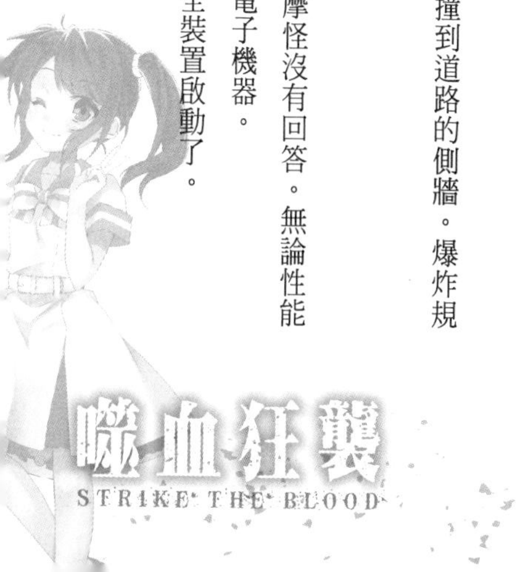

手裡握著深紅長劍的少女從霧中出現了。她不出聲地跳到戰車上，毫無感情地望著動彈不得的淺蔥。

少女默默舉起了長劍。淺蔥被埋在氣囊中，沒有躲避其攻擊的手段。她無意識地覺悟自己會死，便用力緊咬嘴唇。

可是，白髮少女打算揮下的長劍卻好像遭到看不見的牆壁阻擋，被用力彈開了。

「抱歉，能不能請妳別對那個女生出手？」

從淺蔥她們頭上傳來了惡作劇般的含笑說話聲。清澈的女低音。白髮少女那毫無感情的眼睛裡浮現了明顯的警戒之色。

「因為呢，她對我的好朋友是很重要的人──」

對方的細語還沒說完，大氣就「鏗」地發出刺耳聲響。人為的空間扭曲將大氣壓縮，造成了肉眼不可視的衝擊波。

衝擊波子彈發射出去後，襲向手握長劍的白髮少女。

她的劍縱能吞噬魔力，也斬不斷壓縮成塊的空氣。她一邊躲開灑落如雨的衝擊波，一邊掀起外衣後退。少女輕易跳過高速公路的側牆，身影直接消失在高架之下。她操控的眾多行屍也在不知不覺中不見了。

「逃得真漂亮。要追蹤或許有點勉強。」

有道人影背對太陽站在路燈上，佩服似的發出嘀咕。苗條而中性的身影。來者毫不介意不穩定的立足點，低頭朝地確認淺蔥平安以後瞇起眼睛。

「妳是……之前來找過古城的……！」

從氣囊中爬出來的淺蔥抬頭一看，便啞口無言了。

對方久違似的回望這樣的淺蔥，露出了和氣的微笑。

4

「……這是怎麼回事啦？」

古城低頭看向攤在桌上的講義，感到一個頭兩個大。

印在講義上的是外語長篇文章與複雜算式——英文與數學的考試題目。說過有重要任務的雪菜帶古城來到教室，然後他就領到這些考卷了。

「還有怎麼回事？如你所見，這是補考啊。」

古城把時間浪費在釐清現況，南宮那月便生厭地望著他說道。

那月的打扮一如往常，身上穿著鑲滿荷葉邊的豪華禮服。不過，她的表情之所以顯得意與闌珊，應該和今天是星期日這一點不無關係。難得放假卻被迫來監督學生補考，也難怪她會不高興了。

不過要這樣說的話，不情願地被迫接受補考的古城也一樣。

「呃～我說明過情況了吧？這半年來，我失去記憶待在叫恩萊島的地方，今天早上才剛回來的。」

「那是你主觀所見的情況吧？」

那月一邊用平板語氣回話，一邊以輕蔑的目光朝古城看過來。

「以客觀事實而論，你蹺掉了期末考，還在這三天期間持續曠課，就這麼回事。再順便告訴你，這次考試要是不及格，你明年就要跟自己的妹妹在同一班上課了。」

「意思就是留級嘛，混帳！」

妳是魔鬼嗎——古城一邊暗罵一邊把目光轉向考卷。

古城的妹妹曉凪沙目前就讀國中部三年級。假如古城就這樣考砸了，還得重讀一次高中一年級的話，肯定會跟妹妹變成同一學年。

受不了你這令人操心的學生（小鬼）——那月嘆著氣，慵懶地靠到椅子上。

與高中教室不搭調的古董扶手椅。身穿女僕裝的人工生命體（Homunculus）少女替這樣的那月端來剛泡好的紅茶。

「夜之帝國的領主居然留級。所謂的『絃神市國』前景堪憂啊。」

「又還沒確定我會考不及格……！」

古城一邊小聲反駁一邊寫起英文的翻譯題。結合時事的長篇文章，換成三天前的古城，恐怕會手足無措才對。

不過古城苦惱歸苦惱，勉強還是能逐步解開難題，意外漂亮的表現讓監考的那月露骨地露出了納悶之色。

那月心想：不會是作弊吧？還將懷疑的目光轉向在教室角落等待的雪菜與矢瀨，被懷疑是共犯的雪菜等人連忙搖頭。

「剛才就說過啦，我多讀了半年的書，要解高一程度的題目輕輕鬆鬆。尤其是英文，我被修女騎士大人狠狠地惡補過一頓。」

古城露出有些受傷的臉色辯解。在恩萊島生活了半年或者更久的時間，對他來說是如假包換的事實。雖然遭殃次數不只一兩次，但是在那裡體驗的事情並非完全無意義。

「哼，聖團的修女騎士嗎……」

那月微微哼聲以後，用嚴肅的臉色看了古城。

咦——古城訝異地抬起頭。

「南宮老師，您有聽說過聖團嗎？」

「修女兼聖騎士……欸，原來那不是古城的妄想喔？」

雪菜帶著困惑的表情反問；說出失禮感想的則是矢瀨。

那月像後悔自己說溜嘴似的稍微板起臉，但她似乎拗不過古城等人的視線，便夾雜短短的嘆息開口：

「聖團是洛坦陵奇亞正教的小支派，所謂的異端派系之一。」

「……洛坦陵奇亞？」

耳熟的字眼讓古城稍微睜大了眼睛。要說的話確實令人意外，但是並不到難以置信的地步。雫梨愛穿的長大衣式樣還有她格外頑固的性格，說起來都跟古城認識的洛坦陵奇亞殲教師相當類似。

「洛坦陵奇亞正教的特徵是聖人信仰。將拯救眾多人們的聖職者、與魔族戰鬥而立下功勞的英雄讚揚為聖人，並予以崇拜。當然，這種信仰模式在世界各地的宗教倒是或多或少都可以看到共通的特徵。」

「似乎是這樣沒錯。」

古城面帶苦澀地肯定那月所說的話。

生活於「魔族特區」就不太有機會意識到，然而在許多國家與地區，魔族目前仍被當成人類的威脅而廣受畏懼。

古城身為吸血鬼真祖固然心情複雜，但他很能明白人們害怕魔族的心情。

許多魔族的確擁有更勝人類的體能，因此人們會崇拜能對抗魔族的聖人也合情合理。

「不過，妳說聖團是異端對吧？」

古城對那月說的話感到一絲介意，便提出問題。那月默默地點了頭。

「對崇拜聖人的洛坦陵奇亞正教來說，魔族是應該消滅的邪惡存在。因為標榜正義之人為了證明自己的正當性，就會需要敵人。」

「表示魔族算簡單好懂的反派嘍？」

這次古城就明顯擺出不悅的臉色了。

為了同伙的利益而主動樹敵、憎恨、相爭。到最後就忘記最初的目的，只剩下恨意與爭鬥。這並不僅限於人類與魔族，世界上到處可見這種事發生。

「然而聖團的教義不同。那些人主張魔族是必須予以引導教化的存在，而非與人類敵對的存在，這就是他們與正教的相異之處。」

「那樣也滿討厭的耶，有種自視甚高的感覺。」

古城看似不滿地托起了腮幫子。那月沒有否定他的話。即使是身為教師的她，大概也對聖團的教義有所想法。引導這種說法雖然好聽，但只要走錯一步，就會變成將價值觀強加予人的危險行為。

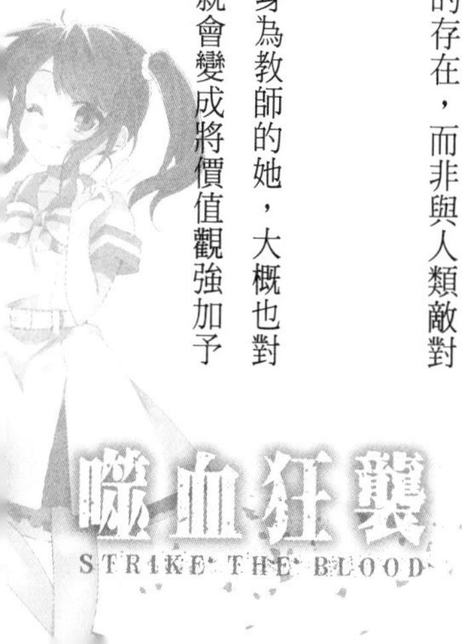

話雖如此，聖團不把魔族視為邪惡的思想，對古城來說也未必只會帶來不愉快。那反而是接近於「魔族特區」居民的價值觀。

「聖團若有值得肯定之處，應該就是他們的主張並非空口說白話。他們有實際前往戰地與對魔族仍留有濃厚歧視色彩的地區，並且持續採取行動保護受虐待的魔族。」

那月說到這裡，便優雅地端起茶杯喝茶。古城發出感嘆。那確實是值得肯定的行為才對，同時也是伴有危險的行動。

「當然，對此感到不快的人也多有所在。與魔族敵對的各國軍隊自然不用說，就連同為洛坦陵奇亞正教的其他支派都對聖團強烈譴責。聖團還曾經與旗下保護的魔族一同受到襲擊，造成眾多的犧牲。」

「原來異端指的是這麼回事啊。」

無處發洩的憤怒湧上心頭，讓古城的拳頭開始顫抖。

主義與主張的對立發展成互相廝殺。世界上同樣到處可見這種事發生。

想保護魔族的聖團並沒有錯。可是，賭命與魔族戰鬥的人們憎恨聖團，其心情也不是無法理解。

這是用正義或邪惡一類的武斷字眼所無法解決的問題。

「為了從這種敵對勢力手中保護同伴與魔族，聖團也被迫武裝自己了。聖團的活動地區總在戰爭最前線。結果靠實戰鍛鍊的強大戰士就這樣培育出來了，令人啼笑皆非。」

那月說完便淡淡地露出微笑。古城忘了憤怒並凝視她。

「妳說的戰士，該不會就是……」

「對，就是聖團的修女騎士。」

那月漠然地點了頭。

原來是這樣啊——古城放鬆身體吐氣。

對修女騎士這個頭銜的自尊心之強；對監視古城有異常熱忱；特別喜歡照顧人。要是考慮到聖團的來歷，雫梨這些性格上的特質就完全能讓人信服了。

「既然聖團是實際存在的組織，要調查香菅谷小姐的底細就有可靠線索了呢。」

原本默默聽著說明的雪菜自言自語似的說道。

「對喔。直接向那個叫聖團的組織打聽就行了嗎？」

矢瀨立刻拿出智慧型手機。他大概是打算命令人工島管理公社派人跟聖團聯繫。

而那月望著雪菜他們，靜靜地搖了頭。

「很遺憾，那應該行不通。」

「為什麼？聖團並不是跟獅子王機關一樣的祕密組織吧？」

古城一臉納悶地回望那月，雪菜則開口向他訂正：是特務機關才對。

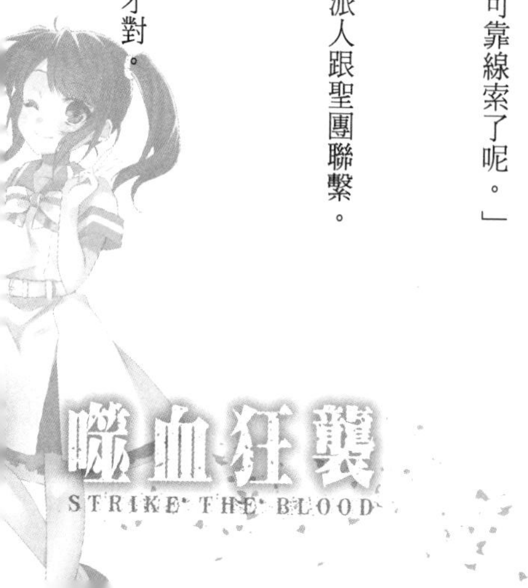

「聖團確實沒有理由掩飾修女騎士的底細。」

那月以不近人情的語氣說道。

「既然這樣——」

「但是，行不通。聖團已經不存在了。」

那月似乎要告誡激動的古城，便淡然地開口斷言。

「不存在……？」

「直到六年前，聖團都將根據地設於歐洲的『伊魯瓦斯魔族特區』。」

「伊魯瓦斯……魔族特區……？」

古城對那月單方面的說明露出困惑之色。

他並沒有對她說的話感到意外。聖團的目的是保護魔族。倘若如此，把根據地設於「魔族特區」是合理的。不只絃神島，在世界各地會成立「魔族特區」，目的就是要讓人類與魔族共存。

古城是對伊魯瓦斯這個地名感到疑惑。

他聽過那座城市的名字。告訴他的不是別人，正是那月。

「深淵之陷……」

雪菜語氣生硬地嘀咕了。這句話讓古城的記憶隨之接通。

「這樣啊……深淵之陷！歐洲的『伊魯瓦斯魔族特區』，不就是千賀殺人他們在六年前毀滅的都市名稱嗎……！」

「據說聖團成員幾乎都在伊魯瓦斯留到最後，致力於救助市民。結果他們來不及逃難，名為聖團的組織便消滅了，聖團的修女騎士並無生存者，至少就我所知是如此。」

那月講話的口氣和緩，反而更令人感受到真相有多沉重。

「原來……她們全滅了啊……」

古城無助地目光游移。那月的說明合乎邏輯，她也沒有理由在這種事情上騙古城。聖團真的已經不存在了。

即使如此，古城仍不覺得雫梨有說謊。她確實自稱是聖團的修女騎士，言行亦無矛盾之處。或者雫梨早就死了，難道古城見到的是她的亡靈——？

究竟是怎麼回事啊——古城帶著恍惚的表情問自己。

「廢話說得太多了。離英文考試結束只剩二十五分鐘嘍。」

那月取出金色懷錶以後，忽然換了一副口氣如此說道。

她那句意料外的話讓古城嚴重嗆到。看來剛才講話花掉的時間都被算在考試時間裡了。

她會特地提醒，當然就沒有打算延長時間才對。明明自己講了那麼久卻這麼不通人情。

而留在古城手邊的，是幾乎沒有動過的空白答案卷。

搞什麼嘛——想草草應付的古城又嘆了一口氣。

5

當古城勉強補考完英文，連休息都沒有空就寫起數學題目時，之前離開的亞絲塔露蒂隨即走進教室。

「教官(Master)，我收到了緊急聯絡。」

人工生命體少女手裡捧的托盤上擺著重新泡的紅茶與兩塊餅乾，還有小型的通訊裝置——國家攻魔官專用的暗號通訊機。

「嗯。」

那月瞥向裝置，然後朝教室裡迅速看了一圈。面臨升級危機的古城正在解連立不等式；擔任監視者的雪菜似乎非常累，正靠在教室牆上熟睡；而旁邊則有矢瀨和麗迪安玩紙牌遊戲玩得正興起。某方面來說算是和平的光景。

「亞絲塔露蒂，這裡交給妳。對舞弊行為要嚴厲處置。」

「命令領受(Accept)。」

亞絲塔露蒂點頭接受主人那月草率的命令。

那月拿了一片亞絲塔露蒂送來的餅乾，便準備離開教室。古城把她叫住了。

「那月美眉？」

「忘了吧。你放在心上也沒用，別動腦筋。」

古城一臉「出了什麼事嗎？」的表情，那月則冷漠以對。

「考試中要我怎麼不動腦筋啊……」

妳那是老師應該對學生講的話嗎——古城嘔氣似的托腮。於是當他再次抬起臉時，那月的身影就忽然消失了。

在倉庫有槍戰發生。位於人工島東區近郊的老舊出租倉庫。

招牌上寫著活動營運公司的名稱。即使有陌生貨物頻繁送來也不會讓人起疑，以這點來說應該算不錯的偽裝。

展開槍戰的是由攻魔局搜查官指揮的特區警備隊突擊部隊。特區警備隊在人數與火力上強過對方，形勢卻稱不上有利。這是堅守倉庫的魔導罪犯用了強力攻擊魔法所致，會向那月發出支援請求的理由恐怕也是如此。

那月靠著操控空間轉移到倉庫內部，然後走向戰鬥進行的現場。

困守不出的魔導罪犯大約有七人。他們用的是以現代標準而言既危險又不合效率——卻凶狠無比的魔法。

腐蝕金屬的強大瘴氣，以及敵我不分地引發失心瘋的心靈攻擊系魔法。

施術者手裡各自抓著裝訂厚重的古老魔導書。

「LCO的魔導師嗎？」

那月看穿魔導罪犯們的身分，便感到無趣似的嘆氣。

Library of Criminal Organization——通稱「圖書館（LCO）」。收藏了相傳會散播災禍的眾多禁忌魔導書，並以研究這些為目的的魔導師集團。

他們有段時期曾在全世界擁有傲人的巨大影響力，但是在指導者仙都木阿夜背叛後受到莫大損害，目前仍持續在衰退。而且之中有多名主要成員都折損於絃神島，這裡對他們來說應是深惡痛絕之地。

「被阿夜擺了一道以後，你們應該都夾著尾巴逃了，現在卻又厚顏地回來，難不成你們覺得絃神島目前剛獨立就可以設法混進來？」

那月隨手拿扇子朝唱誦咒語的魔導師揮舞。

目不可視的衝擊波發射出去，毫不留情地將敵人打倒。原本籠罩在倉庫裡的瘴氣散去，特區警備隊方陣營的攻勢加劇。

「南宮攻魔官！」

熟識的搜查官認出那月就趕了過來。地盤被人搗亂的不甘還有掩飾不盡的安心都顯露在他的臉上，交雜成複雜的表情。

「南宮那月……！」

「『空隙魔女』嗎！」

困守的魔導師之間鼓譟起來了。逮住仙都木阿夜而導致LCO衰敗的那月，對他們來說是憎惡與恐懼的對象。

「帶傷患退後。這裡有我一個人就夠了。」

那月傲然地對搜查官斷言。一瞬間，搜查官曾顯得敗興，但他並沒有打算反駁，因為他明白那月說自己一個人就能應付是千真萬確的事實。

那月身穿高雅禮服的身影像融入虛空一樣消失了。

下個瞬間，她便出現在困守的魔導師集團中央。

銀鏈從全方位射出，擊穿了杵著不動的那些魔導師。鎖鏈直接纏住目標，並且剝奪他們的自由。一切都發生在短瞬之間。那月看似無趣地用像在看待羽蟲的眼神，睥睨那些倒在地上發出痛苦呻吟的魔導師。

「不堪一擊。就算LCO衰敗了，我倒不認為他們只能準備這種程度的戰力……」

特區警備隊的隊員們確認過那些魔導師已被無力化，便踏入倉庫之中。他們臉上一律露出放心的笑容，反觀那月卻臉色黯淡。她在介意ＬＣＯ的那些魔導師一下子就沒勁了。

被捕的魔導師發出恐懼之聲，打斷了那月的思緒。

「唔……唔哇啊啊啊啊啊啊！」

「什麼……！」

「這些鬼東西是哪來的！」

特區警備隊的隊員們也慌得裹足不前。出現在他們面前的光景正是如此異常。

無數身影從倉庫裡的暗處爬出。那是腐壞而變得臃腫的大群異獸。雖然還留著野狗、鳥或魚等各種動物的面貌，卻沒有任何一頭保有原形。好幾十頭怪物聚集成一團，從倉庫裡湧來了。

「惡……惡靈！怎麼可能！大司書，為什麼！為何要加害我們這些ＬＣＯ的同志──」

仍倒在地上的魔導師帶著悲愴表情尖叫。

特區警備隊朝逼來的成群怪物展開槍擊。

然而，被稱為惡靈的那些怪物沒有停止進攻。濕滑發亮具黏液性質的身影吞沒了那些動彈不得的魔導師，開始啃食他們的肉體。

「原來如此。這些傢伙是棄子嗎？目的在於湮滅證據吧。」

那月不悅地瞇眼，然後揮了右手上的扇子。

周圍空間如漣漪般搖盪，並陸續吐出小熊布偶。灰色、褐色、粉藍、圓點圖樣、格紋，五顏六色的布偶有條不紊地排出隊伍，衝向大群惡靈。熊熊們的真面目是那月的使役魔(Familiar)，那是她用魔力製造的「炸彈」。

那月的使役魔將惡靈們推回數公尺後，就紛紛爆炸了。爆炸規模雖小，要炸飛終究只是行屍的惡靈卻已經足夠。更重要的是，使役魔數量壓倒性地多。

惡靈們統統變成烤焦的肉片，化成了白色蒸氣逐漸消失。只留下出神的特區警備隊隊員，還有負傷的那些魔導師。

「那麼，看來你們似乎被上司拋棄了，還有氣力繼續抵抗嗎？」

那月朝著因恐懼與傷勢疼痛而開始哭哭啼啼的一名魔導師問道。

魔導師嗚咽不停，卻還是拚命地搖頭。他應該是理解到假如那月沒有將惡靈炸飛，自己已經被殺了。

「那好，把你們運到這裡的貨物交出來如何？」

那月用不具感情的嗓音問。被銀鏈捆著的魔導師勉強用獲得自由的左手指了擺在旁邊的機器。

塑膠製的廉價外殼、華麗的配色。那是可以在遊樂園或電玩中心看見的大型電玩機台。

「你在開玩笑嗎！」

好膽量——攻魔局的搜查官大罵，還揪住了魔導師的胸口。

「不，是真的！大司書……『逢魔魔女』命令過我們，絕不能把這台機器交給別人。」

魔導師用夾雜嗚咽的聲音回話。搜查官對那副拚命的模樣沉默了。那是不知該如何看待其情報的態度。

「『逢魔魔女』是嗎……原來如此。」

那月在口中喃喃嘀咕。在倉庫中積了三天灰塵的電玩機台，看在她眼裡似乎有些意思。

6

「考試結束（Time is up）。」

人工生命體少女無機質的嗓音在冷清的教室裡傳開。

時鐘的針指著上午十一點五十分。古城補考完畢的時刻。

「結束……了……」

設法填完答案卷的古城趴在桌上一動也不動。

畢竟從他在絃神島海岸被接回來算起，才過了六小時而已。

莫名其妙被人帶回學校，又突然接受補考。此外，還得知了聖團的真面目，古城的腦袋早就瀕臨超載。

他暫時不想思考任何需要動腦的事情。

基本上，古城自己也很明白，那是不可能的。

「確認答案卷提交。補考結果將在兩天後通知。」

不知道亞絲塔露蒂是否了解古城的苦惱，她用完全秉公處理的口氣說道。亞絲塔露蒂面無表情地確認過收回來的考卷，就收進信封了。古城等人之後能做的只有祈禱會及格。

「學長，辛苦你了。」

雪菜朝陷入虛脫的古城搭話。她的臉色看起來變得開朗了一點，那大概並不是出於古城的心理作用。

或許雪菜身為監視者，也對古城被逼得差點留級這件事感到有責任，要不然就是單純因為睡眠不足得到消解。

「姬柊，妳醒來不要緊嗎？」

古城姑且試著對她的身體狀況表示關心。也許雪菜自己以為沒有被發現，但是連考試中的古城都曉得她打過小盹。

即使如此，雪菜還是一臉裝蒜地否認。

「學長在說什麼？我並沒有睡眠不足耶。何況身為獅子王機關的劍巫，我受過可以九十六小時不眠不休行動的訓練——」

「妳的臉有留下痕跡喔。」

古城指著雪菜的左臉，把最基本的資訊轉達給她。曾熟睡的雪菜臉上留著用手臂當枕頭的鮮明痕跡。

「傷勢的情況怎樣，古城？」

矢瀨語帶苦笑，代替滿臉通紅沉默下來的雪菜發問。

「哎，勉強過得去。要全力跑步還不行就是了。」

古城無意識地摸了自己的左胸回答。儘管他已經習慣疼痛，不過那是被「雪霞狼」貫穿的傷，因此無法期待在這麼短的時間內就有顯著癒合。而且用「雪霞狼」造成的傷口還會妨礙他召喚眷獸。古城從過去的經驗知道這一點。

話雖如此，傷勢並不至於礙到日常生活。這大概要歸功於雪菜精準地避開了要害。

「既然這樣，我們就去吃飯吧。淺蔥應該差不多也該到了。」

矢瀨一邊確認時鐘一邊說道。他的話讓古城察覺自己正餓著肚子。畢竟古城最後一次用餐，已經是在迷宮裡泡溫泉之前的事情。

目前古城連那座迷宮是否實際存在都不太有把握。理應可以為此說明的少女還沒有抵達彩海學園。

「這麼說來，淺蔥還真慢耶。」

古城隨口嘀咕了一句。矢瀨聯絡她以後，已經過了三小時以上。

可是，矢瀨並沒有多著急地點頭說：

「對啊。好像是戰車在路上出了狀況。」

「……出狀況？」

古城不安地抖了抖眉毛。他沒有問淺蔥為什麼會搭戰車在街上跑，因為他覺得現在才問也嫌晚了。

「我派了麗仔去接她，應該不用擔心啦。再說她在路上──」

矢瀨中途打住了說到一半的話。他把耳朵湊向愛用的耳機，露出了平時絕不會讓人看見的嚴肅臉色。

「……矢瀨？」

「有客人。一個女的，還帶著武裝。」

矢瀨帶著凝望遠方的眼神，嫌惡似的咂了嘴。

「武裝？難道是來襲擊我們的學校？」

古城也收斂表情。今天是星期日，除了部分練社團的同學以外，學校裡幾乎沒有學生。假如有人來襲，其目的應該十之八九是古城。

「——學長！」

然而古城還沒有掌握情況，教室裡就響起了雪菜警告的聲音。她從制服口袋裡抽出咒符，像手裡劍一樣擲出。

咒符在空中變換形體，化成了銀狼的樣貌。金屬製的式神。

狼越過古城的頭頂，前往朝著陽台的窗口。

有一道藍黑色身影待在那裡。好似將兩隻蜥蜴硬是相連在一起，長著八隻腳的爬蟲類。

其肉體已經嚴重腐化，臃腫得詭異。

它跨過敞開的窗框，直盯著古城等人。突出的眼球骨碌碌地轉，就像在監視古城他們。

雪菜放出的式神化為疾風，朝那隻怪物展開攻擊。怪物的肉體被帶有咒力的利爪撕得四分五裂，飛散的肉片短時間內仍在抽搐，但不久後就在陽光下變成煙霧消失了。

「……這是什麼鬼東西？」

矢瀨厭惡地用室內鞋踩向仍在融化的殘餘肉片。

雪菜似乎在迷惘要不要把變回咒符的式神撿起來。要赤手觸摸被怪物濺到血的咒符，應該會讓她感到猶豫。

「惡靈……」

古城咕噥出怪物的名稱。

「你說……惡什麼？」

矢瀨狐疑地眨起眼睛。

「這算行屍的一種啦。據說是動植物屍體靠迷宮的魔力活性化以後才變成的怪物。」

「迷宮……欸，真的假的……？」

古城不得要領的說明讓矢瀨目瞪口呆。理應只存在於恩萊島的怪物會在這個世界現身，對矢瀨來說應該是意料外的事態。

「剛才那並不是自然產生的死靈。雖然很些微，但我感覺到指向性魔力送出的跡象。」

雪菜語氣冷靜地予以指正。古城聽出她話中的含意，臉色就變嚴肅了。

「表示有人在操控這些傢伙？」

「假如是這樣，目的在於偵察吧。我們被對方發現了。」

矢瀨捂著兩耳的耳機說了。古城不曉得他這樣斷言有何根據，不過那副耳機似乎有什麼玄機，因此便接受了。

「難道是衝著我來的……！」

「嗯，照這種情況，也想不到其他可能。」

「確實沒錯……」

嫌麻煩的古城一瞬間差點認真動怒，卻立刻就改換想法。反正都會被扯進風波，直接衝著他來還比較輕鬆愉快——古城如此轉念。

既然對方會操控惡靈，那就更不用說了。古城想當面問襲擊者的問題像山一樣多。

「你曉得入侵者的位置嗎？」

雪菜從愛用的吉他盒取出銀色長槍，然後問了矢瀨。

「對方剛從便門走進學校。以這個時段來看，會碰上其他學生的可能性大概很低……我們要怎麼辦？」

矢瀨把目光轉向靠走廊的窗外。古城把他後半句的問題解讀為：我們就這樣在教室伏擊，還是要主動殺過去？

「我打算過去。反正我們的位置已經洩漏了吧。」

古城毫不猶豫地這麼說了。不曉得對方的真面目，就無法訂定有效的對策，何況位置被得知也無法構成奇襲，枯等敵人接近應該沒有幫助。基本上，古城的眷獸在狹窄建築物中沒有任何一頭能派上用場。

「我表示同意。要代替南宮教官抓住入侵者。」

讓人稍感意外的是，亞絲塔露蒂率先贊同古城的意見。

亞絲塔露蒂身為受保護觀察的人工生命體，有義務聽從那月的命令。而那月交代她的是「這裡交給妳」這樣含糊的命令。結果亞絲塔露蒂似乎認為那月不在時，維持校內治安就是自己的任務。維持校內治安，亦即排除入侵者。

「我明白了，由我來誘導其他同學避難。早知道會這樣就把麗仔留下來了。」

矢瀨也勉為其難地採納古城他們的方針。麗仔應該就是指麗迪安吧。麗迪安本身就跟外表所見一樣是個瘦弱的小學生，不過她那台有腳戰車仍是寶貴戰力。儘管那種玩意兒要是在學校土地內發威，也會造成挺大的問題就是了。

「我先出發。」

「咦？亞絲塔露蒂……喂，等等！」

古城還來不及阻止，亞絲塔露蒂便走向走廊的窗戶。她跨過校舍三樓的窗框，直接朝地面跳了下去。半透明翅膀從穿女僕裝的少女背後展開，吸收掉墜落的衝擊。

「學長，我們也走吧。」

雪菜已經從吉他盒抽出銀槍，毫不猶豫就跟著亞絲塔露蒂動身了。她像貓一樣在空中靈巧翻身，不出聲地輕盈著地。那恐怕是靠咒力強化過的體能。雪菜甚至還有寬裕將差點外掀的裙襬牢牢按住。

「哎，可惡！只好跟了嗎……！」

古城有些泛淚地跟在雪菜她們後面跳下去。憑他目前吸血鬼化的肉體，這點高度並不算什麼，但恐懼這種東西不講道理，會怕就是會怕。

「警告（Warning）。確認有名為惡靈的死靈接近。」

古城以亂害怕的姿勢著地，同時亞絲塔露蒂用缺乏抑揚頓挫的聲音說道。

「惡靈……這樣的數量……！」

雪菜環顧校舍中庭並發出驚呼。陰森的大群死靈就像要占滿通往側門的路，逐漸逼近。其身形是以老鼠屍體為基底，醜惡得令人噁心，連雪菜也掩飾不住心慌。

「妳讓開吧，姬柊。還有亞絲塔露蒂也是。」

真是沒辦法——古城一邊轉動右臂一邊走到前面。

他不動用眷獸。第四真祖的眷獸據說可匹敵天災，基本上專門用於殲滅大軍或大規模破壞。在這種地方使用會招搖過頭，校內設施也難以倖免。需要的並不是眷獸，取用眷獸具備的些許魔力就夠了——

「咦……！」

雪菜冒出了目瞪口呆的動靜。因為古城用右手拿著剛才她理應忘在教室的咒符。由古城而非雪菜灌注魔力後，咒符便化為式神，變成身上環繞藍白電光的獅子樣貌。

古城的式神現身了一瞬。

它化成閃光撲向惡靈大軍，隨後就迸裂似的從敵陣內側炸了開來。恐怕是咒符承受不了古城的龐大魔力所致。

可是，惡靈大軍在那一瞬間全滅了。古城的式神在本身燃燒殆盡以前，就將幾十隻惡靈全部撕裂。

「嗯，差不多就這樣。」

古城望著惡靈逐漸蒸發的殘骸，放心地吐氣。式神實體化只有短短一瞬，也沒有得到精確掌控。儘管他的表現實在不值得嘉許，目的也算達成了，應該可以說是成功才對。

「學長……剛才那是……？」

雪菜愕然睜大了眼睛，還用變調的嗓音問道。她會訝異也是難免。雖說那是靠魔力含量取勝的蠻橫術式，古城就是使出咒術了。

「我不是說了嗎？這半年來，我曾被迫接受攻魔師的修行。哎，結果我到最後還是使不出正常的咒術就是了。」

古城看似害臊地說。包含操控式神的方式在內，咒術的基礎都是琉威教給他的。正因為古城了解琉威的手法忠於基本，才更明白自己所用的咒術有多麼不成氣候。

「難道……學長真的有在恩萊島修行……？」

雪菜驚愕地嘀咕。然而，古城沒有回答她的問題。

因為古城察覺到襲擊者踏過惡靈殘骸靠近而來的身影了。佩帶長劍的白髮少女。

古城看見她的身影以後，就像觸電一樣停住動作。

「怎麼會……操控惡靈的人……居然是妳！」

古城臉色蒼白地搖頭。他無法理解發生了什麼事。

少女身上穿著在各部位加了裝甲的長大衣；所戴的長頭巾底下有純白長髮流瀉而出；端正的相貌；藍色眼睛。

在她手裡，握著劍身起伏如火的深紅長劍——「炎喰蛇」。

「卡思子，這是為什麼——！」

香菅谷雫梨面無表情地回望大叫的古城，然後舉起了長劍。

呈波狀起伏的深紅劍刃反射著陽光，散發出冷冷鋒芒。

7

「確認入侵者動武。基於人工生命體保護條例／特例第二項，發動自衛權。」

校園裡響起亞絲塔露蒂無機質的嗓音。她那穿著女僕裝的纖弱背影再次張開了透明翅膀，翅膀不久便化為一對手臂。巨大的人型眷獸手臂。

「執行(Execute)吧，『薔薇的指尖(Rododaktylos)』。」

亞絲塔露蒂本身被吞沒以後，半透明巨像(Golem)隨即現身。她是世上唯一的眷獸共生型人工生命試驗體——能操控眷獸的人工生命體。

人工生命體少女穿上了眷獸鎧甲，彷彿要保護古城等人而站到雫梨面前。

一切的物理性攻擊都對眷獸不管用。而亞絲塔露蒂的眷獸「薔薇的指尖」，能力是反射與吸收魔力。換句話說，那表示用任何攻擊都無法傷到她的眷獸。

但古城明白這樣的事實，卻還是嚇得皺起臉。

「不行，亞絲塔露蒂！卡思子她……香菅谷用的劍是『炎喰蛇』！」

雫梨發動攻擊比亞絲塔露蒂對古城的叫喊產生反應還快。她拿著深紅長劍擺出下段架勢直接疾奔，並且出劍砍向巨大的人型眷獸。

亞絲塔露蒂想操控眷獸用手臂擋下其攻勢。她大概打算毫髮無傷地直接捉住雫梨。

然而，巨大手臂在接觸到雫梨的前一刻就被深深地劈開。

受傷對魔力組成的眷獸並沒有大礙，意料外的震撼卻讓亞絲塔露蒂的反應慢了一拍。雫梨便趁機衝到巨像懷裡一砍再砍。

「她斬斷亞絲塔露蒂的眷獸了……！」

雪菜同樣受了震撼。畢竟亞絲塔露蒂的眷獸是雪菜用「雪霞狼」也傷不了的。

而雫梨以長劍輕易突破了「薔薇的指尖」的牢固防禦，還單方面對其造成傷害。何止如此，感覺她越是砍在「薔薇的指尖」身上，那柄劍的威力似乎就變得越強。

「那傢伙的劍會吞噬魔力增強力量。靠眷獸擋不了那柄劍！妳退下！」

「命令領受。交戰中止。脫離現場。」

亞絲塔露蒂乖乖地聽從古城的命令。她應該是理解再繼續鬥下去也只會有利於雫梨。亞絲塔露蒂靠巨像的過人腿力一舉後退，而雫梨也不打算予以追擊。

「卡思子……！」

古城叫了毫無防備地站在原地的雫梨。在他背後則有雪菜靜靜地持槍擺出架勢。

「可總算找到你了，曉古城。」

雫梨用像是跟陌生人搭話的語氣如此說道。她以毫無感情的眼神回望古城，並且將深紅劍刃指過來。

「第四真祖，給我回到恩萊島。逃離『魔族特區』可是重罪。」

「逃離……？」

雫梨尋釁似的說詞讓古城嚴重混亂了。

古城當然沒有從恩萊島逃離的印象。他被雪菜用長槍貫穿而從迷宮消失的那個瞬間，雫梨理應親眼目睹過。

「慢著，卡思子，妳真的是從恩萊島來的嗎？用什麼方式……？」

矢瀨說過名為恩萊島的土地並不存在。

雫梨卻出現在古城等人面前，還要他回恩萊島。那不就表示有往返恩萊島的手段嗎？

然而，雫梨沒有回答古城的疑問。她放低身子，垂直舉起長劍——那是準備朝敵人突擊的架勢。

「我是聖團的修女騎士，第四真祖的監視者。我要引導曉古城進入迷宮，這是為了保護恩萊島——！」

「卡思子？住手。香菅谷！」

古城表情緊繃地大叫。他無意與雫梨交手。古城根本不覺得自己能贏她。但是雫梨不管古城的想法就蹬地衝過來了。

凌駕人類極限的壓倒性加速，雙方距離立刻接近零。深紅劍刃描繪出優雅的弧度，將古城的身軀斬成兩段——

霎時間，近似閃光的銀色鋒刃趕過古城他們眼前。

「『雪霞狼』！」

「——！」

雫梨的目光因驚愕而動搖，因為她揮舞的神速之劍尚未觸及古城就被攔住了。雪菜也利用雙方各持兵器較勁的力道縱身向後，並且毫不鬆懈地重新用長槍擺出架勢。

「姬、姬柊……？」

原本僵住的古城晚了一拍才掌握情況。

然而這時候，雪菜與雫梨已經進入備戰態勢。她們都已經了解眼前的對手是大意不得的強敵。

「『炎喰蛇』的魔力消失了……？」

雫梨望著失去光芒的愛劍，微微地咬住嘴唇。「炎喰蛇」剛才應該已吞下亞絲塔露蒂的眷獸而提升威力，現在卻變回普通長劍。雪菜用能讓魔力失效的「雪霞狼」抵銷了劍所蓄積的魔力。

「我來當妳的對手，香菅谷雫梨・卡思緹艾拉。」

雪菜毫不畏懼雫梨的怒氣，還嚴正地發表宣言。

古城沒有阻止雪菜。不，或許應該說他沒能阻止雪菜。兩人慎重地拿捏敵我間距並且互瞪，古城連接近都無法接近。他隨便靠近只會拖累雪菜而已。

「妳是什麼人？」

雫梨瞪著雪菜問。

「姬柊雪菜，獅子王機關的劍巫。」

「……獅子王機關？」

雫梨稍微偏了頭。她大概不曉得這個名號。

「請妳放下武器，然後投降。妳那柄劍的能力對『雪霞狼』不管用。」

雪菜淡然警告。雫梨似乎把這段話當成挑釁，美麗的臉孔更添險惡之色。

「告訴妳，少瞧不起人！」

雫梨在放話大喊的同時踏進了雪菜的間距。

雪菜反射性地出槍，雫梨以長劍招架。但雪菜的攻勢沒有中斷，她利用槍尖被彈開的勁道將長槍一轉。全金屬製的槍柄變成打擊武器，襲向了雫梨的側頭部。雫梨壓身閃過攻擊，再順勢從下段揮劍砍去。雪菜以俐落步法躲開深紅劍刃以後，再次使出了直線性質的突刺。雫梨舉劍由上段劈落，並藉此迎面擋住那一槍。雙方的武器激烈衝突，反作用力讓兩個人都彈開後退。完全不相上下的攻防戰。

「卡思子，住手！姬柊妳也一樣！」

古城開口想制止她們，聲音卻被鋒刃碰撞的聲響蓋過。

連古城變成吸血鬼以後的動態視力都無法將兩人反覆過招的細節盡收眼底，只看得見無

數的武器殘影與火花飛濺。

「妳跟古城是什麼關係！」

雫梨一邊施展行雲流水般的連續攻擊，一邊質問雪菜。

「我是曉學長的監視者！」

雪菜將狂風般的斬擊悉數擊落以後，做出了答覆。霎時間，雫梨眼中現出從未有過的動搖之色。

「啥！監視者？那是我的職責才對！這半年以來，我一直都是與他寢食與共的！」

「與他……寢食與共……」

亞絲塔露蒂用不含感情的嗓音複誦。

「不對啦！呃，雖然她沒有說錯，但事情不是那樣！」

人工生命體少女嘀咕的內容難保不會招來誤解，古城便急忙否認了。

格外猛烈的金屬聲響起，雪菜與雫梨再度拉開距離。兩者都倦色濃厚。雪菜呼吸紊亂，雫梨的額頭已經汗濕。

「學長，香菅谷小姐目前的狀況恐怕並不正常。」

雪菜微微喘氣並告訴古城。

「呃，我想應該也是啦。」

古城對雪菜說的話表示肯定。當雫梨會操控成群惡靈時，早就可以知道她並非處在正常的狀態。

所以說——雪菜銳利地眯起眼。

「不好意思，請讓我用全力將她制伏！」

「那是我要說的台詞！我要讓妳見識聖團修女騎士的實力！『炎喰蛇』！」

伴隨咆哮，雫梨加快身手了。以大上段架勢朝肩頭砍下的斜劈。這是她最擅長的捨身攻擊。

雪菜迎面衝向那最快的一劍，然後名符其實地在間髮之際躲開了。獅子王機關的劍巫有洞穿未來之力，她早一瞬看穿了雫梨的劍路。

「啥！」

必殺一擊被躲掉，讓雫梨嚇得動作慢了一拍。這是她首次露出的致命破綻。

「——鳴雷！」

雪菜使出的膝撞陷入了雫梨的側腹。劍巫編來對付魔族的肉搏戰鬥術。凝鍊的咒力化為衝擊波，將雫梨外衣的裝甲貫通。

「土雷！」

雫梨停下動作，雪菜便轉身以迴馬拳攻向她的側頭部。雫梨的頭部被一拳轟得不自然地移位了。那陣衝擊應該直接撼動了她的腦。

「姬、姬柊，妳搞什麼……！」

下手未免太重了吧──如此心想的古城臉都白了。雖然是雫梨先砍過來的，但防衛過度也該有底限。獅子王機關的劍巫就算赤手空拳也能讓獸人無力化，血肉之軀的人類要是硬生接下雪菜的攻擊，難保不會釀出攸關性命的慘劇。

可是，古城心裡的不安立刻就被恐懼蓋過了。

因為差點倒地的雫梨當場踏穩腳步，又舉劍砍了過來。

「啊啊啊啊啊啊啊啊啊！」

雫梨朝著才剛攻擊完而毫無防備的雪菜猛劈。

「唔……！」

雪菜勉強接住了對方的反擊。「炎喰蛇」具特色的波狀劍刃(Serration)撞上「雪霞狼」的槍柄，迸出青白色火花。不過雫梨的攻勢仍未停止。她直接揮動劈在槍柄上的劍，硬是把雪菜的身體掄向後方。

「姬柊……！」

古城無能為力地看著雪菜的背脊摔在地上。

雫梨是出色的劍士，但絕非體型魁梧或肌肉隆隆。正常來想，她不可能單手就逼退使勁抵抗的雪菜。何況雫梨才剛挨中雪菜的攻擊，連能夠站著都令人感到不可思議。

「古城……要回去嘍……你跟我一起……」

雫梨用沒有對焦的眼睛望著古城，斷斷續續地告訴他。

她在意識朦朧間朝古城伸了手。原本戴著的頭巾掉下來，純白髮絲翩然散開。

「香菅谷……妳……」

古城聲音沙啞地發出嘀咕。雫梨目前怎麼看都不是能正常走路的狀態。即使如此，她仍靠著執著向古城走來。這是甚至可以感受到悲愴感的光景。

「原來是這麼回事……香菅谷雫梨．卡思緹艾拉，妳……」

倒在地上的雪菜緩緩站起。她受的傷也不輕，連掉了的長槍都無法撿起。

雫梨認出雪菜那副模樣，眼睛便急遽對焦了。

「啊啊啊啊啊——！」

雫梨舉起了深紅長劍，砍向才剛站起的雪菜，大概是無意識的鬥爭心所致。然而，她的攻擊已經沒有先前的速度與精細度。

雪菜輕易避開來勢洶洶的劍以後，搶進了雫梨的懷裡。她反而用徐緩的動作將手掌湊在雫梨胸口，將衝擊灌入她體內。

「——撼鳴吧！」

雫梨的身體微微顫動了。她短短咳出一口氣，力氣從全身洩出。

這一次雫梨才完全失去意識，雪菜便讓她慢慢躺到地上。

「姬柊，妳沒事吧！」

古城趕到靜坐不動的雪菜身邊。

雪菜身上的制服亂糟糟的，瀏海黏在汗濕的額前。目前她的呼吸依舊紊亂，不過雫梨的傷勢遠比她更重，連有呼吸都讓人感到不可思議。

「卡思子呢……？妳沒有殺掉她吧？」

古城蹲到雫梨旁邊，戰戰兢兢地開口確認。

亞絲塔露蒂握起雫梨的手腕，開始測量其脈搏。她本來就是被設計用於醫療的人工生命體，在這種情況會比醫術不高明的醫生更可靠。

「我想香菅谷小姐只是失去意識了。可是她——」

雪菜低頭看向昏迷的雫梨，含糊地把話截住。

古城默默地點了頭。他對雪菜講到一半的話也心知肚明。

那月的聲音在古城腦海裡驀地復現。聖團的修女騎士並無生存者——

「原來是這樣啊，卡思子……妳……」

古城用手輕輕碰觸像睡著一樣閉上眼睛的雫梨臉龐。

她的側頭部被純白秀髮蓋著，左右耳朵上頭有著陌生玩意兒。長度不滿十公分，有如髮飾的小小突起物——她始終用頭巾遮住的東西。

散發著翡翠色光澤的兩支角——

那是她身為魔族的證明。

幕間iii

薔薇花綻放著。

籠罩整片天空的巨大薔薇。

那景象就像密集的極光，也像魔力形成的漩渦。

描繪於空中且直徑達十幾公里的幾何學圖樣。魔法孕育出的深紅薔薇。

薔薇花瓣飄落，變成凶猛的幻獸面貌。那酷似吸血鬼的眷獸，濃密得足以擁有自我意識的魔力聚合體，來自異界的召喚獸。

「詩奈子！」

有個少女在魔力失控造成的風暴中吶喊。少女即使穿著洗到褪色的劣質衣服，依然美得任誰都會注目。從長頭巾下流瀉而出的純白髮絲隨風飄舞，呈青藍色的眼睛正不停盈淚。

被少女抱在懷裡的，是個相貌溫婉的女騎士。

女騎士的年紀大概二十過半。迷人臉孔兼具穩重與英氣，身上鎧甲留有的傷痕道出她乃是身經百戰的強者。

但是她的鎧甲嚴重裂開，噴出的鮮血把地面沾溼了。握著長劍的右手已經碳化，還冒出肉被烤焦的異味。

「妳為什麼要這樣，詩奈子！」

白髮少女摟著受傷的女騎士尖叫。

女騎士則溫柔地用手摸了少女的臉龐。失去血色的手指冰冷，理應鍛鍊過的騎士手臂感覺像羽毛一樣柔弱。

「雫梨……看來妳沒事，太好了。」

名為詩奈子的騎士用微弱沙啞的嗓音呼喚少女。

少女用力抱緊溫和地微笑且滿身是傷的騎士。

「為什麼！憑妳一個人就能輕鬆擋下那種攻擊才對啊！明明如此……！」

「我的職責是保護這裡的所有人。這把祕蹟兵器就是為此才授予我的。」

騎士說完便看似滿足地看向自己的長劍。起伏如火的劍刃藉著龐大魔力而閃耀，它斬了好幾頭薔薇眷獸，並吞噬它們的魔力。

靠著騎士奮戰，白髮少女獲救了，滅亡將近的城市裡所留下的數千名市民也一樣。然而，她終究在洶湧撲來的眾多眷獸前用盡力氣，受了瀕死的重傷。

「詩奈子……可是妳……！」

少女的聲音裡流露出絕望。騎士卻藏起痛楚，還露出微笑給少女看。

「雫梨，妳是個溫柔的孩子呢……果然，聖團救妳並沒有錯。」

「！」

騎士滿懷自豪的話語，讓少女倒抽一口氣。

於是少女咬住嘴脣，把自己的手湊到騎士烤得焦爛的右臂。

「由我來保護——」

白髮少女粗魯地擦了被眼淚沾濕的臉，靜靜告訴對方。

「雫梨？」

騎士困惑似的瞇起眼。少女則從騎士的右手收下了她的劍。

「詩奈子，我會代替妳保護大家！」

少女如此宣布的嗓音因痛苦而發抖。

帶有龐大魔力的魔劍光是握在手上，就會對持有者造成負擔。少女並非正規騎士，那種痛對她來說應該就像緊握燒紅的烙鐵。

即使如此，少女仍不放開長劍。騎士隨著驚訝的情緒凝望少女，然後微微地點了頭。她以充滿決心與覺悟的表情嫣然一笑。

「我明白了，雫梨·卡思緹艾拉——我以香菅谷詩奈子之名將『炎喰蛇』託付予妳。」

騎士悄悄地將左手疊到少女握著劍的手上。在騎士唱誦簡短聖句的同時，少女感受到的痛楚便隨之減緩。長劍認定少女為新主人了。

「詩奈子——！」

行使儀式似乎需要付出代價，騎士全身上下都失去了力氣。

少女捧著劍，對騎士緩緩倒下的身影發出哀號。

「晚安，雫梨……我的修女騎士……」

騎士躺在血泊中，帶著微笑如此告訴少女。

少女望著靜靜闔眼的騎士，肩膀微微顫抖。她將目光抬向頭上，想忍住盈出的淚水。

籠罩天空的薔薇凋落，從中有新的幻獸被召喚出來。

吞下無數眷獸而出現的四頭猛獸。

它們被稱作四聖獸，這一點少女並不曉得。可是，即使從距離遙遠的地面，她也能立刻感受到聖獸們具備的傲人魔力。

聖獸若完全化為實體，他們這座島應該會在轉眼間瓦解。

不能讓那種事發生——少女心想。

因為她跟對方約好了，要保護這座島上的所有人。

無論那會「導致什麼樣的結果」——

第四章 失落的魔族特區

The Lost Demon-Sanctuary

1

「……鬼？」

古城望著躺在保健室床上的雫梨，深深地皺了眉頭。

矢瀨與亞絲塔露蒂為了善後與隱蔽事跡，正忙著到處奔走。留在保健室的只有古城與雪菜。幸好今天是星期日，不用擔心會有其他學生來保健室。

長在雫梨頭上的突起物確實只能形容為「角」。她與雪菜交手時展現的異常頑強，顯然並非常人所能。即使如此，古城心裡還是無法把雫梨的性格與「鬼」這個詞的形象順利連結在一起。

「是的，香菅谷小姐屬於鬼族（Ogress），被視為瀕危物種的稀有魔族。」

雪菜斬釘截鐵地斷言。被曾經和雫梨動真格互搏的她這麼一說，古城也只能信了。

「跟我想像中的鬼差滿多耶。」

古城把嘴唇抿成一線，低聲發出咕噥。雫梨的長大衣與頭巾都摺好擺在旁邊的沙發。為保險起見，長劍「炎喰蛇」始終由雪菜捧在胸前。雫梨身穿制服躺著的模樣，看起來只像戴了較奇怪髮飾的別校女學生。

「鬼族往往被誤解成殘忍凶暴的魔族，但他們其實是溫和而心思細密的種族。」

雪菜為了開導仍在懷疑的古城，便用認真語氣繼續說：

「從聖域條約締結以前，鬼族（Ogre）與人類之間就沒有發生過任何一次大規模爭鬥。畢竟他們本來就會迴避與人類或其他魔族接觸，一直都生活在叢林深處。」

「原來如此……像野生大猩猩那樣嗎？」

古城理解似的點了頭。

大猩猩往往從外表就給人可怕的印象，不過古城曾聽說牠們其實是具知性又乖巧的動物。人類對於鬼會懷有恐懼，肯定也是出自這種誤解的產物。

當古城一邊想著一邊自顧自地感到認同的時候——

「……你說誰是大猩猩？」

雫梨微微睜開眼睛，語氣不悅地嘀咕了。她之所以看似煩躁地板著臉，應該並不是因為聽見古城他們交談，而是被打傷的疼痛所致。

「卡思子，妳沒事吧？記不記得發生過什麼？」

古城擺好隨時都能制伏雫梨的架勢問道。

雫梨望著有所戒心的古城，露出了莫名納悶的臉色。從那種反應感覺不到她對古城等人

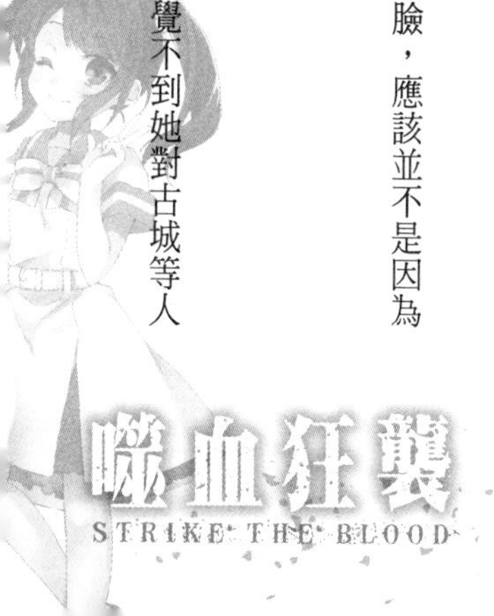

有敵意，態度跟她平時一樣。

雫梨想慢慢撐起上半身，然後就捂住自己的側頭部。那是她被雪菜用回馬拳打中的部位。在中招的那個瞬間，雫梨飛得相當遠，照這樣看來果真十分見效。

「好痛……！」

「別逞強。畢竟妳被人狠狠修理過。」

「香菅谷小姐，對不起。不過那是因為妳身手高強。」

古城關心地朝雫梨搭話，雪菜則喪氣地垂下肩膀。與其說雪菜是因為傷到雫梨才喪氣，她大概是在反省自己沒有寬裕放水。

基本上，雫梨似乎是把雪菜那番話當成了對自己的讚美。剛清醒的不悅被藏了起來，她還露出不全然排斥的臉色。

「我隱約有些印象。妳是獅子王機關的劍巫，對不對？」

雫梨像在依循模糊記憶般扶著額頭問了。接著，她不安地朝保健室裡東張西望，然後將目光停在窗外的陌生景色，並且蹙眉。

「這兒是什麼地方？」

「妳果然不記得嗎？之前妳帶了大群惡靈來攻擊我們學校耶。啊～～……我剛才說到學校，是指絃神島上的彩海學園啦。」

「紘神島……？」

雫梨聽完古城的說明，露出了明顯不解的臉色。她對自己在恩萊島外面的事實似乎有著不小的困惑。

為了確認外頭的景色，雫梨再次把目光轉向窗外，她的白色秀髮就順著翩然飄舞。一瞬間，雫梨會露出有所警覺的表情，大概是因為她察覺自己沒有戴著頭巾吧。雫梨頓時想遮住左右邊的角，然後很快就死心般放下手。她知道古城等人已經發現她的真面目了。

「你……看見這個了對吧？」

雫梨回望古城的臉，壓抑似的吐氣。裝作面無表情的她目光正畏懼地搖擺不定，而古城注意到了這一點。

「——儘管笑吧。」

古城還來不及回話，雫梨就先用自暴自棄的語氣開口。

「笑？」

古城反問：笑什麼？雫梨便鬧脾氣般噘起嘴脣。

「笑我明明是鬼，卻還冒充聖團的修女騎士。」

「妳說自己是冒充的，表示妳並不是正牌的修女騎士？」

雫梨意外的告白讓古城大大地眨了眼睛。對古城來說，這一點比她是魔族這件事更令人

吃驚。畢竟雫梨曾經再三強調自己是修女騎士，實際上也表現得有其風範。

然而，雫梨用力緊握床單，用好像隨時都要哭出來的表情笑了笑。

「那柄『炎喰蛇』原本也是詩奈子……對我有恩的修女騎士所擁有的，我只是受了她的託付而已，其實我並沒有拿這項武器的資格。都自稱是第四真祖的監視者了，連我都覺得丟臉。」

「我倒不覺得丟臉啦。」

古城嫌麻煩似的搔著頭說了出來。咦──雫梨大感意外地眨眼。

「我不曉得正牌的修女騎士是怎麼樣，不過我在身邊看過妳努力想表現出那種風範，而且從來都不認為妳那樣有什麼不體面啊。坦白講，我想妳那種怪裡怪氣的講話腔調還比較有問題──」

「古城……」

雫梨露出難以形容的表情──無法判斷自己該道謝還是生氣的表情。另一方面，古城則有些誇張地表示佩服。

「倒不如說，原來聖團和修女騎士都是實際存在的耶。我還懷疑那是妳腦中的設定。」

「當然是『實際存在過』的啊！」

這次雫梨就明顯發火了。你把我當成什麼了啊──她的左邊眼皮還因此抽搐。

「——香菅谷小姐，妳是過去受聖團保護的魔族之一對不對？」

雪菜大概是認為事情交給古城談會沒完沒了，才不得已地插嘴。

「受保護？在『魔族特區』中還要保護？」

為什麼——古城歪頭表示不解。「魔族特區」是企圖讓人類與魔族共存而打造出來的人工示範都市。魔族的權利受聖域條約所保障，不可能發生加以危害之情事。

然而，雪菜卻有些難過似的垂下目光搖搖頭。

「鬼族遭到盜獵……成為綁架或虐殺對象的案例並不在少數，即使是在魔族領地或『魔族特區』裡也一樣——」

「盜獵……？對喔，因為有角嗎！」

古城把目光轉向雫梨的角。雪菜則表情僵硬地點了頭。

「我曾聽說過，鬼族的角與頭骨會有人以高價交易。當然那是在非法地下市場所做的買賣就是了。」

「真過分……雖然確實很漂亮，有價值也是可以理解啦……」

古城厭惡地皺起臉。買賣魔族的角或獠牙都被條約嚴格禁止。即使如此，走私仍層出不窮，據說目前因盜獵而喪命的魔族還是不少。

古城用正經臉色盯著雫梨，她就顯得坐立不安地目光飄來飄去。

「漂、漂亮……？」

「是啊。」

古城一臉覺得奇怪的樣子回望看似莫名害羞而臉紅的雫梨。她那散發著翡翠色光芒的角，美麗得即使和昂貴的寶石或工藝品比也不會遜色。

「可不可以讓我摸一下？」

古城講得像機會難得一樣。雪菜「唔」地閉緊嘴角，雫梨則愣得睜圓了眼。

「你、你是說，要摸我的這個？」

「我從剛才就有點好奇啊。不知道摸起來是什麼樣的觸感。」

古城毫不遲疑地點頭了。雫梨的角含有圓潤光澤，有種叫人想摸而難以抗拒的魅力。感覺就像看見琢磨過的玻璃或冰雪結晶一樣，會按捺不住地想摸。

雫梨似乎發自本能對古城那樣的視線感到恐懼，便遮著角搖頭。

「不、不行！絕對不行！居然要讓男生摸，我不能接受！」

「無論如何都不行嗎？我不會對妳粗魯耶。」

古城明顯地表現出失望。那是被人說不准摸反而就更想摸的心理。

雫梨好像是猶豫了，就忸忸怩怩地左右手指頭開始交纏著說：

「因、因為那樣很不好意思啊……我從來沒有讓任何人摸過……」

「求妳啦，通融一下。摸角的前端就好，前面一小截就好！」

「唔～～……」

雫梨低著頭沉默下來。她的反應讓古城覺得有希望了。繼續拜託就拗得過——古城賭輸贏的直覺這麼告訴他。

雪菜大概看不過去古城的蠻橫，忍不住開口說：

「呃，學長——」

「古城，你在搞什麼啦——！」

隨後，保健室的門被人用差點就要摔壞的力道大大地打開。

站在門外的是個髮型亮麗的女學生，天生有長睫毛鑲邊的眼睛正炯炯地閃爍怒色。

「淺、淺蔥？」

「我全都聽見了喔，聲音都傳到走廊了！大白天的，你想讓受傷的女孩子做些什麼！還有姬柊學妹，既然妳在旁邊就阻止他啊！還是說你們三個難道想要一起——」

藍羽淺蔥發出粗魯的腳步聲朝古城走過來。

古城驚訝地帶著僵凝的表情搖頭說：

「不是啦，白痴！妳在想像什麼！」

「還問我想什麼，變態！不、不要逼我講喔！」

「所以妳到底在扯什麼！」

「話說那個女的不就是之前想殺我的人嗎！你們怎麼會跟她和樂地聊天！」

淺蔥還揪著古城的胸口就用手指了雫梨逼問。

古城的臉色忽然變嚴肅了。

「有人想殺妳？」

「對啊。我受到行屍襲擊，連戰車都毀了，要不是她來救我就慘了！」

「……她？」

古城忍不住反問：妳說的是誰？

就在此時，從敞開著的門的另一頭傳來了聽起來像忍俊不禁的笑聲。沒多久，那又轉變成開朗有朝氣的笑聲。

「你的身邊還是一樣熱鬧，古城。」

如此說著走進房裡的，是個臉上顯露出使壞似的笑容，氣質奔放的少女。

髮型是髮梢捲捲的鮑伯短髮，褲裙風格的迷你裙則是絃神市立大學附屬高中的制服，修長的腿搭配大雙籃球鞋很是可愛。

「優麻……！」

古城意外與老友重逢，便露出純粹的驚訝之色。

「好久不見。看你健朗真是太好了。」

仙都木優麻這麼說完，就略帶羞澀地對古城比了V字手勢。

2

古城愣住的時間並沒有太久。因為他杵在原地，雫梨就畏畏縮縮地拽了他的制服。

「她們倆是什麼人？」

雫梨的語氣中有不安色彩。她大概對自己襲擊淺蔥等人有模糊的印象。或許對襲擊的理由沒有自覺，也就更加感到恐懼。

「我叫仙都木優麻，請多指教。我應該算古城的青梅竹馬吧。」

為了緩和雫梨的不安，優麻說完便親切地對她笑了笑。

「我、我是香菅谷雫梨·卡思緹艾拉。」

被迷住的雫梨則生硬地報上自己的名字。與其說她們相處融洽，其實只是讓優麻的步調牽著走罷了，不過緊張感有所緩和仍是事實。

「妳怎麼會在這裡，優麻？攻魔局不用審問妳了嗎？」

古城問了正在和雫梨握手的優麻。

去年秋天發生「闇誓書事件」之後，優麻就被攻魔局拘禁了。

拘禁理由是她擅自使用被認定為禁咒的魔導書，以及有嫌疑幫助自己母親「書記魔女(Notaria)」——仙都木阿夜逃獄。

基本上，優麻屬於未成年人，同時也是受母親操控的被害者。因此優麻本身遭到問罪的可能性偏低。要說她是犯罪者，還不如當成人身安全受保護的寶貴證人。優麻身為「總記(General)」仙都木阿夜的女兒，會是調查魔導犯罪組織「圖書館」實際生態的有力線索。

「不好意思，古城，讓你擔心了。之後我再慢慢說明詳情。」

優麻像在戲弄古城一樣如此說完，又轉身面對雫梨。

「重要的是，能不能讓我先跟她談談？畢竟她與我的事情也不是毫無關係。」

「妳是指卡思子？」

古城對優麻的意外發言感到疑惑。雫梨心裡好像也沒有底，臉上露出了茫然的神色。這樣的她，忽然驚恐似的睜大眼睛了。

因為外覆粗重裝甲的巨大機械從保健室窗外冷不防地出現了。

「這、這次又怎麼了……！」

雫梨用接近遷怒的態度向古城責問。

那是尺寸相當於小卡車的深紅有腳戰車。麗迪安．蒂諦葉的「膝丸」。雖然圓乎乎的輪廓缺乏威嚴感，但它依舊是兵器。雫梨會擺出提防的架勢也合乎道理。

「大致上的狀況，我姑且聽基樹解釋過——」

淺蔥單方面地朝僵住的雫梨搭話了。從她的聲音裡，仍透露出對雫梨的戒心與敵意。不知道那是因為淺蔥曾被雫梨索命，還是因為她跟古城距離格外接近的關係，古城也覺得難以判斷。

「我想妳會有許多事想問，不過在那之前，能不能讓我調查妳的底細，香菅谷小姐？」

「——要殺要剮隨便妳。」

雫梨強悍地回瞪淺蔥說道。

「答得好。」

淺蔥也瞪回去對雫梨笑。明顯是反派的笑法。

古城戰戰兢兢地來回看著她們的臉，然後就擠進互瞪的兩個人之間。

「喂，淺蔥。卡思子好歹是傷患，妳不要對她太粗魯——」

「動手吧，『戰車手』。」

淺蔥斷然無視古城的關心，並且叫了麗迪安。

『遵命。』麗迪安的回應透過喇叭傳來。

有腳戰車開啟其車身，隨後就吐出了蠕動起來讓人聯想到觸手的機械臂。那幾隻手靈巧地打開保健室窗戶，把雫梨的左臂牢牢地固定住了。

「！」

雫梨臉色發青，最後一條機械臂朝她的手臂伸了過來。其前端裝著微微發亮的細針。

「……打針？不對，是要抽血嗎？」

古城中途察覺到麗迪安的目的便愣著發出嘀咕。仔細一看，雫梨從最初就沒有反抗。注射針管的手法就像老練護理人員一樣細心，扎進了雫梨的血管並緩緩抽取她的血液。

『抽血完畢是也。接下來有請摩怪大人。』

『了解。』

從淺蔥擺在口袋的手機裡，有頗具人味的合成語音冒出。由雫梨身上採集到的血立刻就被注入有腳戰車運來的分析裝置了。遠心分離機、粒子檢測儀與螢光分光光譜儀，再加上魔力檢測器和術式解析器——盡是些大費周章的分析機材。

「不是要驗血嗎？這是在做什麼？」

「請不要問我。」

雫梨面有難色地對古城的問題搖搖頭。雪菜則保持沉默，還在雫梨的針孔痕跡上貼了OK繃。

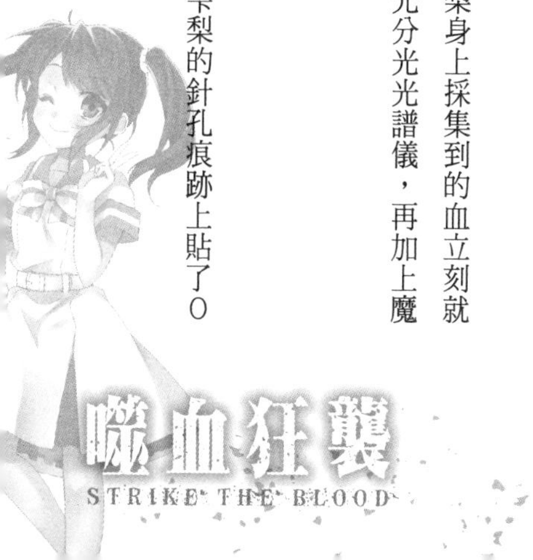

「怎麼樣，淺蔥小姐？」

優麻用認真的語氣問道。淺蔥望著分析裝置的螢幕點了點頭。

「如我所料。跟電玩中心機台殘留的紀錄一樣。」

「可以解析嗎？」

「交給我吧。從她身上採取到的樣本留有未經破壞的魔法結構，進行逆向工程的準備也已經預先完成了。」

淺蔥一邊輸入來路不明的指令一邊露出自信笑容。

古城注意到了，她操縱的分析裝置正在冒出朦朧的紅光。內含細密魔法陣的深紅粒子。改變世界的禁咒「聖殲」所發出的光芒。

「喂，淺蔥。妳差不多該做個說明，好讓我們也能懂吧！」

古城感覺到不安，就加重語氣叫了淺蔥。

「好哇，畢竟抽出魔法演算迴路似乎還要花一點時間。你想了解什麼？」

淺蔥語帶嘆息地對古城聳肩。古城對她敷衍似的態度多少有些不耐煩，但現在抱怨也沒辦法讓事情有進展，因此他硬是忍住了。

古城猶豫了片刻，到最後便決定從最基本的問題問起。

「妳明白恩萊島的真面目了嗎？」

「……恩萊島？你是說你們生活的那座『魔族特區』對吧。雖然你好像忘了我們，還跟那裡的女生過得滿融洽就是了。」

「並沒有什麼融不融洽啦——」

「——才、才沒有！」

古城和雫梨就像事先講好一樣同時反駁。淺蔥則用白眼望了他們倆默契十足的模樣。

「你們從基樹那邊聽到的是事實喔。叫恩萊島的島並不存在。」

淺蔥懶散地一邊搖頭，一邊繼續說道。

古城似乎是無法接受，就指著旁邊的雫梨問：

「既然這樣，香菅谷是從哪裡來的啊？」

「從恩萊島啊。有錯嗎？」

「啥……？」

古城被淺蔥若無其事地這麼反問，就完全搞糊塗了。

恩萊島不存在，然而雫梨是從恩萊島來的。根本莫名其妙，感覺像在聽人講解不合道理的禪機。

「叫恩萊島的島並不存在於現實，但是它就算存在於非現實的地方也不奇怪。好比說，存在於某個人的夢中。」

古城陷入思考當機的狀態，淺蔥就用若有深意的語氣再次為他說明。
「存在於……夢中……？」
古城睜大了眼睛。他有種像是火花在腦裡迸出的錯覺。
「難道說……！」
「你想得沒錯喔，古城。你們口中的恩萊島，恐怕就是監獄結界。正確來說，那應該是跟監獄結界用同一套原理孕育出來的異空間。」
優麻仍靠在窗口牆邊，還用柔和的語氣告訴古城。
所謂監獄結界，指的是頗負盛名的「空隙魔女」南宮那月所創造的魔法虛擬空間。她在夢中構築而出的那個世界既無法從外界入侵，也不能從內部逃脫，是被用於收監凶惡魔導罪犯的終極監獄。彷彿與絃神島交疊存在，卻又不位於絃神島上任何一處的異世界。那確實與絃神島的性質十分類似。
「監獄結界是他人於夢境創造的異世界。因為地點在夢裡，時間流逝的速度就與正常世界有所不同。要讓人把短短三天誤當成半年，或者重複體驗同一段時間都是辦得到的。還可以妨礙第四真祖召喚眷獸——我有說錯嗎？」
「呃……這樣啊。對喔，確實有道理……」
古城原本抱持的無數疑問，都因為優麻這番話而逐漸冰釋。恩萊島的真面目，是跟監獄結界同性質的結界世界（Another Universe）——他對這套思路並沒有異議。可是……

「可是那不可能吧！規模跟那月美眉的監獄結界差太多了。恩萊島有六千名以上的居民耶。還有面積也是，那裡說不定還比絃神島廣闊——」

「是啊。要維持監獄結界，必須有龐大魔力與超乎尋常的大量魔法演算。雖然南宮老師透過魔女的契約得到了那些，能展開的結界規模頂多也就一座城塞的大小。即使如此，她還是創造不出足以讓人誤認成現實的真實世界。」

優麻乾脆地認同了古城提出的反駁。

「所以才需要這玩意兒啊。」

淺蔥說著就拿了和分析機材連線的平板電腦，並且遞到古城面前。平板畫面上顯示著樣似病毒顯微照片的銀色圓粒。

「……這是？」

古城一邊歪頭一邊反問。雫梨也只能眨眨眼睛。

「這是從那個女生……香菅谷小姐的血液裡採集到的微量魔法機械。我想或許可以稱其為奈米式神。它在病毒的尺寸裡內建了自我增生系統與魔法演算迴路。雖然現在承受到來自外界的強大咒力，機能幾乎都已經停止啦。」

淺蔥指著雫梨這麼說了。來自外界的強大咒力應該就是指雪菜對雫梨施予的打擊。劍巫

的攻擊會阻礙魔族的生理活動，對奈米式神也發揮了效果。

「奈米式神……？我的身體裡有這東西？」

雫梨望著電腦顯示的冒牌病毒，便害怕似的肩膀發抖。

「我想恩萊島上的所有島民應該都有。之前奪走古城的記憶，還妨礙他召喚眷獸，大概都是這東西搞的鬼。」

淺蔥這麼說著，又開始輸入詭異的指令了。她似乎想利用從雫梨採集到的奈米式神做些什麼。

「透過這種奈米式神，名為恩萊島的結界世界才得以維持——反過來說，這表示身上沒有奈米式神的人就認不出恩萊島，也進不了結界之中。我曾經從外部支援魔法演算，然後努力把姬柊學妹送進結界裡就是了。」

「這樣啊……我們會看見姬柊變成幽靈出現，原來是這麼回事。」

古城想起在恩萊島上見過雪菜如亡靈般的身影。雪菜無法完全化為實體，是因為對恩萊島來說，身上沒有奈米式神的她只是異物罷了。

「等一下喔。姬柊，那妳當時之所以用長槍捅我——」

「是的，那是為了破壞學長體內的奈米式神。『雪霞狼』的能力在監獄結界中也可以使用，這在南宮老師那一次就證明過了，而我瞄準心臟附近出手，則是為了有效率地將神格振動波送進全身的血管。」

對不起——雪菜深深地低頭賠罪。

她對古城使用長槍應該是伴有風險的賭注，畢竟「雪霞狼」可是連吸血鬼真祖都能誅滅的破魔長槍。其威力在雪菜未完全實體化的狀態下，都能輕易消滅破獸。古城現在才理解自己曾經遭受生命危險，背脊就感覺到涼意了。

不過以結果來說，古城正是靠著雪菜那一槍才回到絃神島的。

『話雖如此，居然有內建魔法演算迴路的奈米式神，實在驚人乎。真虧女帝大人能察覺這般的玄機是也。』

麗迪安從有腳戰車的駕駛席加入對話。

「總之，那果真是了不起的技術嘍？」

雫梨用不太能理解的語氣問。她屬於肉體勞動派的攻魔師，基本上機械是她的弱項。

也是啦——而淺蔥意外坦率地點了頭。

「即使當中有運用到魔法，連我都花了三天來解析呢。這可不是用最新技術就能形容的。老實說，假如沒有『聖殲』的知識，或許我也拿這沒轍。」

「這樣啊……」

雖然古城並沒有聽懂淺蔥的說明，還是似懂非懂地擺出嚴肅臉色附和。

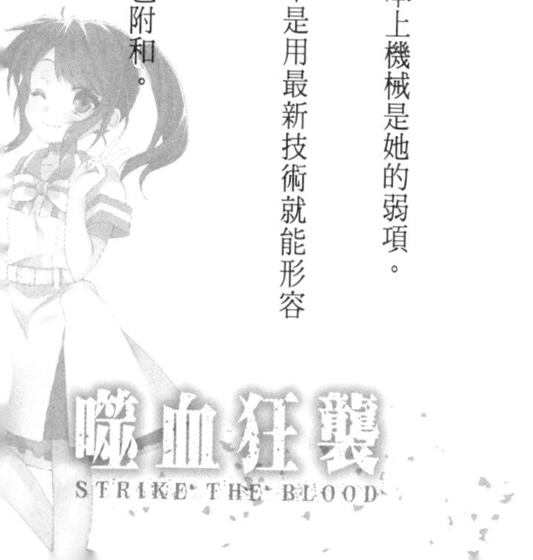

淺蔥連解讀「聖殲」都可以一邊哼歌一邊著手，現在卻主動坦承為這東西費了不少勁。創造出奈米式神的人恐怕是高端技術的持有者。

「到底是什麼人又為了什麼目的，才運用那種高端技術創造恩萊島的啊？」

「問製作者本人應該最快嘍。」

優麻回答了古城的疑問。不知不覺中，平時那副親切的笑容已經從她臉上消失了。她正帶著利刃般的殺氣瞪著保健室入口。

「製作者本人？」

古城納悶地看向優麻。於是在他的視野一隅，出現了空間搖盪的動靜。

在彩海學園的走廊，冒出了令人聯想到牢固城門的魔法陣。那塊空間灑下不祥的紫色雷光，並且慢慢地逐步裂開。以空間操控魔法創造的異界之「門（Gate）」——通往結界世界的入口打開了。

穿過那道「門」現身的是個在泳裝外面披著白袍，打扮得像在愚弄人的女子。

古城與雫梨同時屏息，因為他們對女子的臉孔十分熟悉。

「真賀齋禍子。通稱『逢魔魔女』——ＬＣＯ前幹部兼第五隊『科學（Science）』的大司書。」

優麻用沉靜的語氣告訴眾人。

真賀齋禍子聽著優麻這樣的說話聲，露出了妖豔的微笑。

3

「真賀齋教官是……ＬＣＯ的前幹部……？」

雫梨用顫抖的聲音發出嘀咕。對於在「伊魯瓦斯魔族特區」長大的她來說，犯罪組織「圖書館」應該也是耳熟能詳的名字。雫梨不只是單純驚訝，她的聲音裡有明顯的恐懼色彩。

雪菜把長劍遞到了這樣的雫梨眼前。她判斷雫梨會需要用於護身的武器。雪菜自己也把愛用的硬盒拉到身邊，並且將手伸向銀色長槍。

趁這段空檔，淺蔥後退到有腳戰車待命的窗邊。優麻則向前予以保護。

「我們應該是第一次碰面。我有聽說過妳的傳聞，『蒼之魔女』仙都木優麻——」

禍子愉悅似的回望露出攻擊性表情的優麻，然後晃了晃偏暗的金髮。

對身為ＬＣＯ前幹部的禍子來說，優麻等於是叛徒的女兒。不過她看著優麻的眼神卻沒有敵意，當中存在的是純粹的好奇目光。

「——妳好像成了攻魔局的一分子，正在追捕ＬＣＯ的殘存者。虧妳的契約惡魔願意認同像那樣更改契約。」

「我跟攻魔局約好了，只要我殲滅ＬＣＯ，他們就會釋放仙都木阿夜。」

優麻帶著禮貌性的笑容如此回答。

魔女是透過契約而得到惡魔庇護與力量之人。契約裡當然包含了該支付的代價，違抗契約者會立刻被惡魔的眷屬奪走性命。優麻身為ＬＣＯ造就的魔女，卻還與ＬＣＯ為敵，即使被視為毀棄契約也沒有什麼好奇怪的。禍子指出的正是這一點。

然而，優麻平靜地搖頭。

「因為我對惡魔所負的義務，就是讓母親離開監獄結界。現在只是換了手段，目的本身並沒有改變。何況釋放我那失去魔力的母親，對攻魔局也沒有實質的害處。」

「原來如此。表示妳是遵照跟惡魔定的契約才不得不抓我。」

禍子佩服似的點了頭。優麻則望著那樣的她，迷人地笑了出來。

「對呀。所以嘍，要是妳不抵抗就太好了。」

「很遺憾，我無法回應妳的期待。因為我也有我非做不可的事。」

禍子平靜地笑著這麼說了。兩人的對話就像以無形刀劍交鋒，讓古城等人感受到窒息般的錯覺。

「真賀齋教官……她說妳是ＬＣＯ的幹部，這是真的嗎？」

雫梨插進了兩人的對話。禍子「哎呀」地挑眉了。被奈米式神洗腦的雫梨獲得解除，似乎讓她有點意外。

「ＬＣＯ為什麼會到這時候才冒出來？為了報仇嗎？」

古城用生厭的語氣如此質疑。直接導致ＬＣＯ衰敗的仙都木阿夜已經被關進監獄結界了。雖然在最後抓住仙都木阿夜的是古城等人，不過就算這樣，他們也沒有道理被ＬＣＯ的餘孽怨恨。

而禍子回望古城以後，看似被逗樂了而搖搖頭。

「哪的話。基本上，ＬＣＯ是由自私的魔導書研究者所組成的團體，對組織忠誠心淡薄，才沒有人會無聊到為了報仇就跟第四真祖作對。」

「既然這樣，妳為什麼要把我帶去恩萊島？」

古城瞪著禍子問道。

根據雪菜等人的證詞，古城並不是誤打誤撞才會闖進恩萊島。他明顯是被人擄去的。假如那並不是為了報仇，應該會有其他的動機才對。

然而，禍子的答覆卻出乎古城意料。

「沒什麼，兼差賺點外快而已。有人託我弄這些。」

禍子顯得毫不慚愧地這麼說了出口。古城目瞪口呆地凝視她。

「有人託妳……？是誰？」

「這我不能說。這是委託人的意思。」

禍子若無其事地搖頭。古城氣得嗓音變調。

「妳憑什麼擅自利用人賺錢！」

「嗯，非常中肯的意見。那麼，要付多少你才肯幫我？」

「厚臉皮也要有限度吧！妳為什麼會覺得事到如今我還肯配合！」

「這個嘛，因為攸關人命啊。」

禍子用冷靜得令人發毛的語氣說道。

「什麼……？」

古城一瞬間被禍子的沉穩嚇住了。哎呀呀——禍子挖苦似的笑了出來。

「你總不會是忘了吧？目前在恩萊島上還留著六千名居民喔。難道你想對他們見死不救嗎？」

「這話……是什麼意思？」

雫梨代替說不出話的古城發問了。她的聲音同樣因憤怒而顫抖著。

「因為恩萊島是構築於魔法結界中的異世界，維持那座島需要極為大量的魔力。而現在魔力已經瀕臨枯竭了。」

禍子用頗具教師風範的說明口吻回答。

「恩萊島再這樣下去會消失，並且連同六千名島民一起被吞入異世界。就算這樣，要找到代替的魔力來源可也沒那麼容易。畢竟為了支撐那座島，就必須有匹敵吸血鬼真祖的龐大魔力。」

「難不成妳想把古城當成魔力的供應來源……！」

雫梨臉色緊繃地驚呼。

吸血鬼真祖是由眾神的詛咒創造而出，擁有無限的「負之生命力」。換句話說，那表示他們的魔力無窮無盡。憑真祖那樣的力量，要長久維持恩萊島應該也是可行的。

「原來如此。為了把古城帶回恩萊島，妳才派了香菅谷小姐來嗎？之所以先對藍羽小姐發動襲擊，大概是因為她解析了奈米式神吧？」

優麻窺伺著禍子的破綻問道。

她的目的是捉拿禍子，沒有理由要乖乖陪禍子對話。即使如此，優麻之所以無法對禍子展開攻擊，則是因為對方乍看之下慵懶地站著，卻讓人無機可趁。

「算是吧。不過，我並沒有說要把他當活祭品喔。」

禍子露出淺笑並搖頭。

「舉例來說好了，香菅谷雫梨．卡思緹艾拉。我要妳跟曉古城相愛，然後孕育新生命，這樣如何？」

「啥？」雫梨僵住了。即使她對男女情事生疏，似乎也有聽懂禍子在對自己要求什麼。

禍子就像在自賣自誇一樣，對本身的提議連連點頭說：

「第二世代的吸血鬼會擁有僅次於真祖的龐大魔力才對。只要妳幫忙生十個，維持結界的負擔應該就可以降到最低了。反正在結界裡可以改變時間流逝的速度，所以也能縮短到生產為止所需的時間。」

「妳別開玩笑——！」

「——就是啊！」

古城與雫梨同時吼了出來。猛一看，雪菜與淺蔥也靜靜地發出殺氣。

「哎呀？我倒覺得這是好主意呢……如果由香菅谷一個人生太吃力，還可以找她們當第四真祖的情婦——」

禍子有些慌張似的開口打圓場。

「我不是在跟妳說那些！」古城終於氣炸了。「為什麼要把恩萊島的居民關在島上當前提！放他們離開結界不就行了嗎！」

「你的意見不會被採用喔。因為恩萊島的創造主不願意那樣。」

「創造主……？」

者。

雫梨頓時起了反應。若禍子所言為真，創造恩萊島的人並不是她，這表示結界另有管理者。

「只要打倒那傢伙，就能救出恩萊島的居民對吧？」

呵——古城揚起了嘴角。來到這一步，他覺得自己總算理解該做什麼了。打倒結界管理者，解放被囚禁在恩萊島的六千名人質。簡單明瞭才好——古城無意識地露出笑意。

「是啊，假如你能辦到。」

然而，禍子同樣笑著這麼說了。有小型怪物從她落在腳下的影子湧出。具備腐壞肉體的眾多死靈。

「惡靈……！」

雫梨從鞘中拔出長劍。雪菜舉起銀槍，優麻則喚出了「守護者」。手持生鏽大劍的無臉藍騎士——與她訂下契約的惡魔眷屬。

她們幾個的攻擊將眾多死靈輕易粉碎，死靈的數量卻沒有止盡。敵人打算靠壓倒性的數量淹沒古城等人，再把他們拖進結界世界。

「這種粗暴的手法不合我喜好就是了。哎，既然拉攏失敗也沒辦法。」

禍子用亢奮的語氣說著，開始畫起魔法陣——用於製造空間傳送之「門」的魔法陣。

「『雪霞狼』！」

雪菜率先有了反應。她沿地拖著長槍奔向禍子。雪菜打算衝散礙事的惡靈，然後直接將禍子擊敗。

「那把槍和妳的存在都有些危險呢。我要妳安分一點——姬柊雪菜。」

雪菜以長槍橫掃禍子的側腹。將槍頭扭向一邊而避用槍鋒的打擊。

然而，當她以為攻擊得手的瞬間，禍子的身影就如幻象般變得模糊了，宛如會在黃昏時出現的幻影——

「！」

銀色長槍穿過禍子，讓雪菜的架勢稍微失去了平衡。禍子便用手掌朝雪菜背後輕輕一推。雪菜的全身微微顫抖。還來不及慘叫，雪菜就失神癱倒在地上。

「姬柊！」

連雪菜都完全敵不過禍子的事實，讓古城為之驚愕。

雖然說那是在結界世界裡扮演的角色，真賀齋禍子仍是攻魔專校的教官。即使她擁有與其相應的實力也不奇怪。但是，雙方竟然有如此壓倒性的力量差距，實在令人始料未及。雪菜這麼容易就遭到無力化，以古城所知來說是第一次。

「什……怎麼會……？」

「唔……！」

雪菜落敗，也對雫梨與優麻造成動搖了。正因為她們各自都有與雪菜交手的經驗，應該都被迫理解了真賀齋遠勝於她的實力。

在雫梨她們費工夫應付惡靈時，禍子已經將魔法陣完成。

魔法陣的直徑超過十公尺。比她現身時更加巨大的「門」打開了。不只古城與雫梨她們，連避難的淺蔥和麗迪安都完全被捕捉在「門」的效果範圍內。由於雪菜失去意識，沒有人能讓那道「門」失效。禍子就是為此才會讓雪菜頭一個昏迷。

「糟糕……！『戰車手』！快用那個——」

淺蔥朝麗迪安大叫。『遵命！』麗迪安用帶有古風的口吻應聲後，就從戰車發射了某種東西。那是煙幕彈。白煙灑落，剝奪古城等人的視野。可是，如今他們已被「門」捕捉，那道煙幕也就白費了。

禍子抱起昏迷的雪菜，然後緩緩地朝古城回頭。被「門」捕捉的古城動不了，連接近禍子身邊都辦不到。他只能眼睜睜地看著雪菜被帶走。

「太好了。我來到這裡算是值得了呢。」

禍子望著悽慘地趴在地上的古城，愉悅地瞇起眼睛。

「什麼……！」

古城的視野扭曲歪斜了。

移動到異空間時特有的不快目眩症狀來襲，彷彿腳下大地崩落的飄浮感。禍子與雪菜遠離的身影，讓古城露出絕望之色。

於是在失去意識的前一刻，他聽見了「逢魔魔女」說的話。

「我啊，就是想看你那張臉，曉古城。」

幕間 iv

聽得見管風琴的聲音。

均衡有層次的音色，讓人聯想到讚美歌的淒切旋律。

不具技巧性卻優美的演奏。

演奏者是身穿燕尾服（Tailcoat）的年輕人。

年紀約莫十四五歲，體型瘦弱的秀氣少年。

長睫毛鑲邊的眼睛祈禱般緊閉著。修齊及肩的金髮有如彩虹，會依角度變換其色澤。

他的手指在鍵盤上不停舞動，看起來就像獨立出來的迷人生物。

然而不待樂曲結束，演奏就停止了。

最後一段和絃在酷似禮拜堂的廣大空間裡留下哀傷餘韻，而後消失。

面向琴鍵的少年背後，有年輕女子出現。是「逢魔魔女」——真賀齋禍子。

「大人，我回來了。」

禍子恭敬地跪下行禮。她身上的衣服並非白袍，而是喪服般的黑禮服。

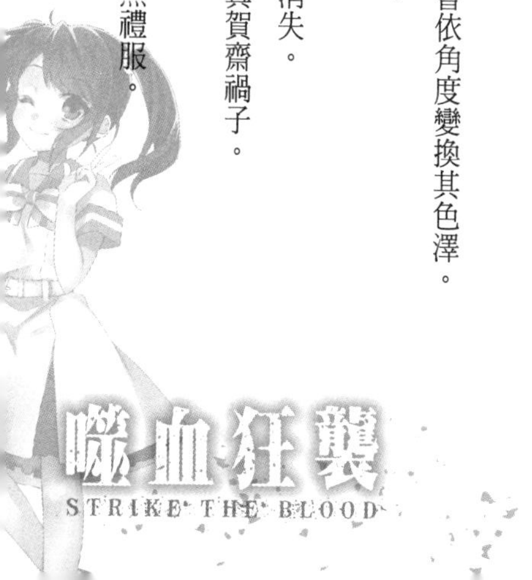

「辛苦了，『逢魔魔女』——」

少年閉著眼睛緩緩回頭。於是他納悶地挑了眉。因為禍子面前有橫臥的銀色長槍，以及睡著的嬌小少女。

「姬柊雪菜。為何帶她來這裡？」

「為了將曉古城引到恩萊島，我抓了她當人質。請原諒我私自判斷的行動。」

禍子像在請罪一樣深深低下頭。

少年嘆氣似的微微吐氣。

「好吧。不必束縛她，切記要細心款待。」

「遵命。」

禍子再次低頭，聲音裡透露出些許的放心。然而她抬起頭以後，臉上只掛著看不出感情的客套微笑。

「能不能請妳報告？」

少年用溫和語氣說道。禍子點頭示意，並且開口。

「這三天以來，我總共讓曉古城體驗了九次的死亡。很遺憾，目前仍看不出對他的人格有顯著影響。」

「九次……？」

「由於藍羽淺蔥介入，之後的測試便無法成立。」

次數比預定要少不是嗎——少年在無言中如此責備，禍子立刻做了解釋。

「意思是她突破了恩萊島的防護牆？只花短短三天？」

「對不起。奈米自動機械的構造似乎也被她解析出來了。」

「這樣啊？」

少年罕見地表露出訝異。

由奈米自動機械替結界世界設下的防護牆被打破，原本是不可能發生的事。那種式神所用的技術並無法解析。憑這個時代的技術，有其絕對無法解析的理由。藍羽淺蔥等於是解明了當中祕密的一角。

「不，無妨。妳做得很好，真賀齋禍子。」

少年就像要拋開心驚的情緒，緩緩地搖了搖頭。接著他忽然改變話題。

「創造主的狀態如何？」

「魔力枯竭正在深刻化。我想是再三操控時間造成的影響。」

禍子面色不改地淡然做了報告。少年溫和地微笑了。

「看來時候差不多了。」

「是的。」

「揭幕的時機交給妳裁量。任妳去辨。」

少年用溫柔的口氣告訴禍子。

禍子滿足似的笑著點點頭。

「感謝您，終結的真祖——『吸血王(The Blood)』。」

禍子讓空間產生漣漪般的波動，然後抹去自己的身影。留在禮拜堂的只剩少年，還有沉睡不醒的雪菜。

少年重新轉向琴鍵。

肅穆旋律流瀉，像搖籃曲一樣注滿了光亮的空間——

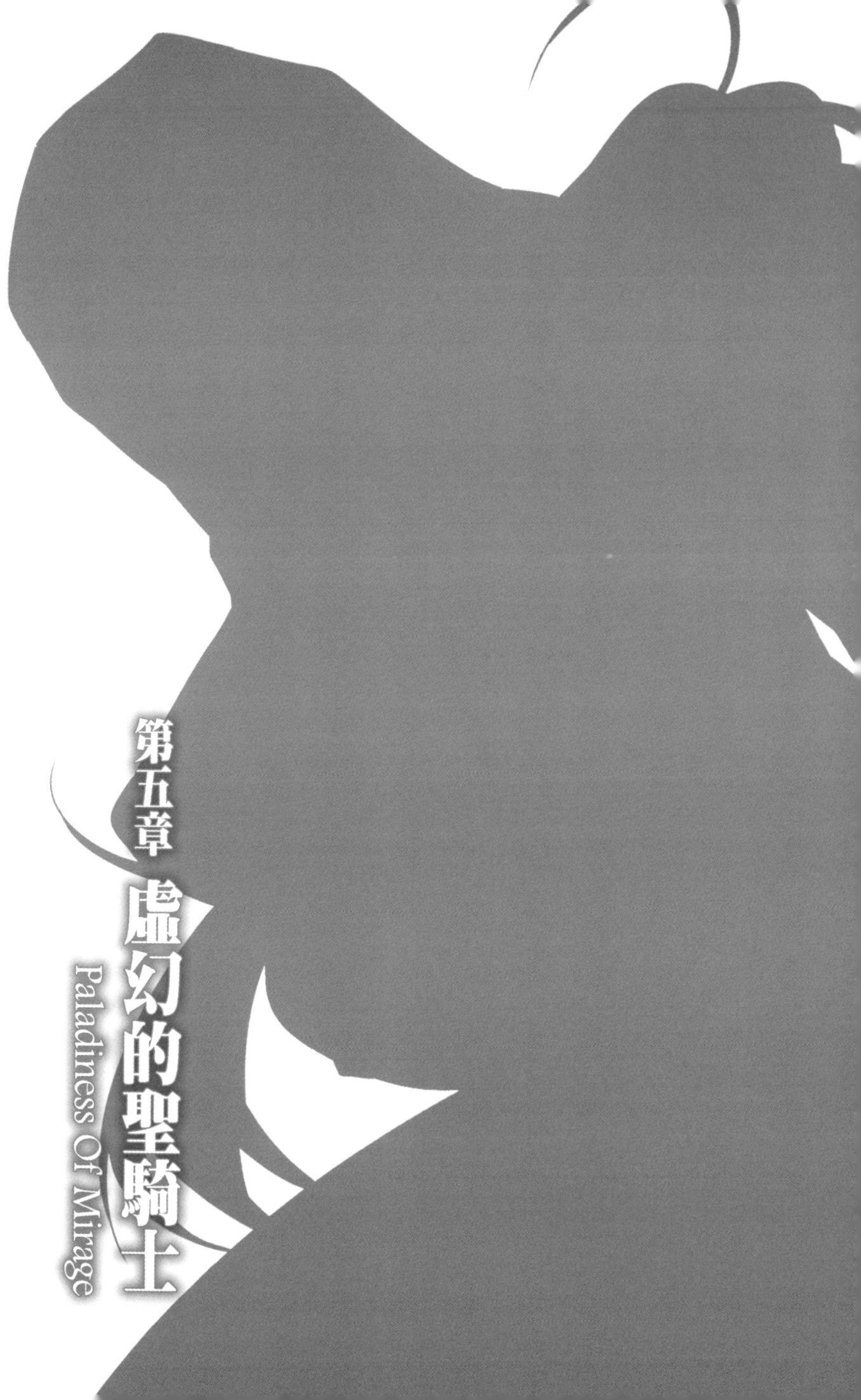

第五章 虛幻的聖騎士

Paladiness Of Mirage

1

溫暖濕潤的風朝古城的臉頰吹來。

濃密的生命氣息充斥於大氣。樹木與草；青苔與香菇；積得厚厚的落葉，以及在底下繁殖的微生物；還有野獸——這是叢林的氣味。

古城在如此強烈的氣味中醒來。

眼底下可見混濁的水面。他似乎是被突出於岸邊的樹枝勾住，還失去了意識。沼澤邊有開闊的空地。眼熟的地形。

恩萊島的地下迷宮，第二階層——

優乃被破獸襲擊，琉威等人也慘遭毒手的地方，同時還是古城被雪菜捅傷的地方。他好像又被帶回迷宮內最後來過的地方了。古城在心裡發牢騷：這算強制記錄點嗎？

掌握狀況以後，古城最先想起了禍子把昏迷的雪菜帶走時那張耀武揚威的臉。他設法克制住差點氣得爆發的魔力，並且反覆深呼吸。

雖然焦躁並不是這樣就能平復，但至少冷靜一點了。古城要是放任情緒在這裡發飆，大概也只會讓禍子更加愉悅。

古城勉強沒有失去理性，是因為他篤定雪菜不會遭受危險。假如對方打算傷害雪菜，就不必大費周章地讓人昏迷再把她帶走。禍子隨時都能殺雪菜才對。雖然不清楚原因，不過禍子似乎有她不能傷雪菜的理由。

古城沿著不穩定的樹枝設法爬下地面。

樹皮的觸感還有令人不快的溼氣，都與現實毫無分別，逼真得嚇人。這大概就是淺蔥談到的奈米式神的效果。即使腦子裡明白是虛擬(人造物)世界，要完全與傳達到肉體的感覺切割開來仍有困難。看來要澈底脫離這個世界，就只有設法處理禍子提到的創造主一途。

「——可終於找到你了，曉古城。」

當古城靠著樹幹思考這些時，忽然間就被人叫了名字。

雫梨撥開茂密的樹枝出現了。她身上穿戴著平時那件長大衣與頭巾，右手則握有納於劍鞘的長劍。

「卡思子……」

「香菅谷雫梨．卡思緹艾拉！」

雫梨一絲不苟地糾正古城，還露出了安心的神情。

「看來你也被帶回恩萊島了呢。」

「是啊……受不了，那個臭教官到底在想什麼……！」

理應暫忘的怒火復燃，使得古城咬牙作響，並且用力折斷了眼前的樹枝。既然已經曉得這些都是假的東西，就算破壞自然環境也沒人會抱怨。

「幸好記憶沒有被剝奪呢。」

儘管雫梨的眼神變得有些傻眼，還是嚴肅地對古城說道。

她說的確實有理，古城等人的記憶即使遭到剝奪也不奇怪。在那種情況下，他們應該就得從這個強制記錄點重新度過在恩萊島的生活了。

對真賀齋禍子來說，顯然是那樣比較方便。這就表示即使她想那樣做也辦不到。

「或許是麗迪安灑出的奇怪煙霧造成的。」

「煙霧？」

古城的嘀咕缺乏根據，雫梨就用懷疑的目光看了過來。

可是，古城不覺得在當時的急迫情況下，淺蔥和麗迪安灑出的煙會是尋常煙幕。反而要想成某種因應奈米式神的對策才自然。

「說不定類似於奈米式神用的疫苗吧。可以讓我們入侵結界，卻不會受到竄改記憶或能力限制之類的負面影響，大概有那種效果。」

「她做了那麼高竿的東西？在那麼短的時間內？」

「哎，沒有啦，淺蔥這次好像也費了不少工夫就是了。」

「費工夫……」

雫梨目瞪口呆。古城可以理解她難以置信的心情。不過，古城想不出禍子會有其他不竄改記憶的理由。

「唉，也可以想成是那個臭教官一時興起的決定啦。」

古城板著臉說道。對方不無可能是因為嫌麻煩，才沒有剝奪他們的記憶。以機率而言，或許這種可能性比較高。

「臭教官……我們幾個，之前都被她騙了呢……」

雫梨聽了古城的咒罵，便咬住嘴唇垂下目光。遭到相信的人背叛，這樣的事實應該仍讓她感到牽掛。雫梨本性善良，對來自他人的這種惡意就顯得脆弱。

古城把手放到了這樣的雫梨頭上。他隔著頭巾使勁撫摸她的頭髮。

「別在意臭教官的事。被騙並不是妳的錯。」

「請、請你不要這麼親暱地摸我的頭！我又沒有覺得沮喪！」

雫梨大概有被安慰的自覺吧。她的臉從臉頰紅到耳朵，還粗魯地搔頭。即使如此，她並沒有撥掉古城摸頭的手。

「那就好。幸虧如此才省事。」

古城看似放心地點頭，然後收斂表情。

雫梨敏感地察覺到他散發出來的攻擊性氣息，便不悅地蹙了眉。

「省事……古城，你打算做什麼？」

「我對臭教官也有講過吧。就是打倒恩萊島的什麼創造主，解放這座島的居民啊。何況姬柊也讓我擔心，還要救宮住與天瀨才行。」

「恩萊島的……創造主……」

雫梨猶豫似的欲言又止。並非對自己的念頭沒把握，而是在遲疑要不要說出口的那種氣氛。

「卡思子，妳知道什麼嗎？」

「我對創造主的身分心裡有數。」

被叫成卡思子的雫梨都沒有抱怨，還用疑似想不開的語氣嘀咕。

「真的嗎……？是誰？」

「聖團的最後一名修女騎士——香菅谷詩奈子。她是我的救命恩人，也是『炎喰蛇』原本的主人。」

「『香菅谷』詩奈子……？」

她說出的姓名讓古城有些疑惑了。姓香菅谷的聖團關係者。然而雫梨在古城面前是第一次提到那位女性的名字。仔細想想，古城對她的家庭環境根本一無所知。

雫梨似乎察覺古城有疑問，便微微地搖頭。

「我們並不是親姊妹，是她把自己的姓氏給了我。她把香菅谷這個姓，給了連父母長相都不認得，還身為鬼族孤兒的我。」

這樣啊——如此心想的古城默默點頭。既然有這層因素，他倒可以理解雫梨以往都不提家人的理由。她對本身姓名感到自豪的理由亦同。

「呃……妳認為她是恩萊島的創造主，有什麼根據？」

古城想問的事情像山一樣多，不過他問了感覺最重要的一點。

雫梨就像在喚醒自己難過的記憶，緊緊地閉起眼睛。

「只是有可能而已。你耳聞過名叫伊魯瓦斯的城市嗎？」

「……那是歐洲的『魔族特區』吧。我聽說聖團的根據地曾設在那裡。」

古城只談到了最低限度的資訊。之所以不提深淵之陷的名號，則是因為他無法判斷雫梨是否知道那幫人的存在。雫梨也有可能連伊魯瓦斯已經滅亡的事都不曉得。

但是，古城的這股不安被雫梨的下一句話抹消了。

「恩萊島的居民恐怕大多跟我一樣，都是伊魯瓦斯的生還者。」

「生還者？」

是的——雫梨點了頭。

「那一天，我們是在港口等待救難的船隻。船是由日系企業安排，有許多日裔學校的學生和家人都聚集在一起，當船總算抵達讓大家放心時，從未見過的巨大眷獸由天而降——」

「深淵之陷召喚的四聖獸嗎……」

古城不由自主地露出了苦澀的表情。

利用從龍脈吸取的龐大靈力與「魔族特區」居民的魔力所召喚的強大幻獸，其力量甚至凌駕吸血鬼真祖的眷獸。古城實際和四聖獸交手過，十分明白它們有多麼恐怖。對於曾身為伊魯瓦斯居民的雫梨來說，遭遇四聖獸無非是惡夢。

「我不記得那之後發生了什麼事。」

雫梨哀傷地搖頭。

「不過，萬一詩奈子在當時創造了恩萊島，讓居民到那裡避難，我會生還這一點就可以得到說明了。」

「創造恩萊島……等等，這種事有可能辦到嗎？」

古城用存疑般的口氣問道。要創造結界世界，必須有空間操控魔法的技術與龐大魔力。香菅谷詩奈子身為正規修女騎士，縱使對空間操控魔法有所了解，想來也不會擁有足以構築恩萊島的非凡魔力。

「詩奈子有辦法得到為此所需的魔力。」

雫梨說完便看向自己的手邊。

據說為香菅谷詩奈子託付的長劍正被她握在手裡。可以從砍中的對手身上奪取魔力，並且納為己用的聖團祕蹟兵器——「炎喰蛇」。

「她用『炎喰蛇』吞噬了四聖獸的魔力……？」

「是的……應該沒錯。」

雫梨無助地點了頭。如她所說，若是利用四聖獸的魔力，要構築結界世界便有可能。萬一她的假設屬實，香菅谷詩奈子等於救了六千名島民。那對雫梨來說也是好消息才對。

然而雫梨的表情並不開朗。假如恩萊島的創造主真是詩奈子，如今深淵之陷的威脅已去，她為什麼不解放島民——雫梨不懂其中的理由。

「除了有火山以外，這座島的地形跟『伊魯瓦斯魔族特區』相當類似。為什麼之前我連這種事都忘了呢……？」

雫梨用迷途孩子般的無依語氣嘀咕。

「因為有奈米式神的能力吧。那連第四真祖(我)的記憶都能竄改了，普通人類或魔族無法抵抗也是無可奈何啦。」

古城打氣似的告訴雫梨。粗枝大葉的理論固然缺乏說服力，意外的是雫梨卻沒有反駁。

她彷彿要甩開迷惘地搖了搖頭，並且直直望向古城。

「在第七階層。」

「……咦？」

古城跟不上跳太遠的話題，就一臉困惑地回望雫梨。

「明明在這座島上，卻沒有任何人能進去的地方，同時也是恩萊島中最為強大的魔力聚集之處。假如詩奈子真的在島上，就是那裡了。」

「這樣啊……迷宮的最深處嗎……！」

古城的眼神無自覺地變得銳利。雖然並沒有確切證據，但他直覺認為雫梨的推理是正確的。據說以往從來沒有人到達過的迷宮第七階層，對恩萊島的創造主而言是絕佳的藏身之處。或許迷宮的存在並不是為了封鎖住破獸，而是用來保護創造主。

「看來我猜想創造主在第七階層是正確的呢。」

雫梨苦笑似的嘀咕並且拔劍。

古城晚了一拍也跟著警覺。從在白天也一樣昏暗的叢林中，有黑影紛紛爬了出來。差不多已經讓人見怪不怪的成群惡靈。

「說什麼都不想讓我們接近第七階層嗎？」

前所未見的惡靈大軍，讓古城冒出乾笑聲。巧得不可能當成偶然的時間點。禍子在操控那些怪物已是不爭的事實。

不知道對方是無論如何都不想讓古城等人接近迷宮最底層，或者單純為了騷擾——不管原因為何，古城他們就只有強行突破一途。

「卡思子，妳讓開。我來解決它們。」

從古城全身幽幽地湧現了魔力。

既然禍子有意如此，古城也沒有手下留情的道理。哪怕有再多的惡靈撲來，一口氣用眷獸剷除就對了。雖然被「雪霞狼」刺穿的傷口並沒有完全痊癒，不過奈米式神的妨礙已經消失了。古城有體會到自己能喚出眷獸的手感。

雫梨似乎是懾於古城的魔力，便後退一步。古城將右臂舉到頭頂，格外濃密的魔力從中釋出。那股魔力化為深紅霧氣，逐漸編織出巨大眷獸的身影。

隨後，在叢林深處迸出了小小的火花。

「——古城！」

想出聲警告的雫梨趕不及。

超越音速射來的狙擊步槍彈精準地穿過林間空隙，準確地射穿了分神要對付惡靈的古城的心臟。

2

雪菜從椅子上醒過來。

好似為女王量身打造的豪華古董椅；以紅色天鵝絨面料包覆全身的扶手椅。

有淡淡的光芒照在令人聯想到禮拜堂的寬廣室內。

雪菜被安排坐在那間大廳的中央。

她沒有受到束縛，衣服不顯凌亂，腳下擺著她的銀色長槍，真賀齋禍子出掌造成的傷害亦未留在身上。撫拭不去的落敗感除外。

拱形的挑高天花板；被精緻浮雕包圍的牆壁。

莊嚴的管風琴音色優美地迴響於石砌建築物當中。

除了雪菜，禮拜堂裡只有一個人。

演奏著管風琴，身穿燕尾服的少年。

與同齡少女相仿的瘦弱體型；搖曳如火的金髮；白皙肌膚。對方跟「那個女孩」好像

——雪菜如此認為。

雪菜並不覺得自己對少年看得出神的時間有多長，但演奏似乎不知不覺地就結束了。少年演奏完最後一個小節以後，便回頭面向雪菜。

「妳醒了啊，姬柊雪菜。」

少年閉著眼睛微笑並向她搭話。

霎時間，雪菜蹦也似的從椅子上起身，還拿起腳下的長槍擺出了架勢。恐懼使她全身冷透，不鼓足氣力甚至站不起來。

雪菜並沒有被少年威嚇，他只是在微笑而已。好比強大的兵器光憑存在感就能令人生畏，他所潛藏的力量讓雪菜本能性地感受到危機。

「你是……什麼人？」

雪菜拚命克制住顫抖的聲音問道。冰冷汗珠流過頸根。

「The Blood……吸血王便是我的名號。雖然王是自稱的。」

少年說著就自嘲似的搖了頭。

雪菜對他的反應產生了疑惑。

自稱吸血王的他恐怕是吸血鬼。可是，憑雪菜身為劍巫的眼光也摸不透他的底蘊。

和這名少年有著相同氣質的人物，雪菜只認識兩位。

一位是「混沌皇女（Chaos Bride）」嘉妲・庫寇坎。

另一位則是曉古城。

「這裡是我們稱作迷宮（Carceri）的地下迷宮最底層，恩萊島的中樞地帶。原本我並沒有安排要招待妳，不過中間出了差錯，請容我為此賠罪。」

少年用溫和的語氣告訴雪菜。他的道歉看起來不像徒具表面的演技，對雪菜的禮貌態度也為他的發言做了背書。

「『逢魔魔女』說的委託人就是你，對不對？」

雪菜放下舉著的長槍問道。他對少年的畏懼並沒有沖淡，但至少已經恢復冷靜，覺得自己以兵器相向有違禮數了。

「實在聰明。」

少年坦率地說出了讚美之詞。

「是的。我就是真賀齋禍子的僱主（Client）。我給她的報酬是奈米自動機械的一部分技術，以及時間操控術式的魔導書。」

「時間操控術式……！」

雪菜的表情因為驚訝而僵凝。

操控時光流逝的魔法是難度更勝於空間操控的超高端魔法。就雪菜所知，能完全駕馭那種魔法的只有「寂靜破除者（Paper Noise）」閑古詠。假如真賀齋禍子有本事操控時間，就等於她的實力足以匹敵獅子王機關的「三聖」。流逝於恩萊島的時光會出現扭曲，恐怕就是她的力量所致。

「我賦予『逢魔魔女』的力量，並沒有那麼方便喔。」

少年就像在關心戰慄的雪菜，還笑著對她補充了一句。

「在恩萊島那種能將感官認知直接化為現實的世界當中，要把短短幾小時拉長為幾個月應該還辦得到，不過她在現實世界能影響到的，頂多只有自身意識與肉體吧。哎，以我委託的工作來看，代價應該是妥當的。」

「工作……？」

雪菜用責備般的目光看向少年。委託工作給真賀齋禍子的他，就是這次風波的主謀。這表示有動機把古城牽扯進事情的人並非禍子，而是他。

少年若無其事地承受雪菜的目光，還毫不慚愧地點了頭。

「請不用擔心。我沒有傷害曉古城的意思。基本上，根本沒有人能實際傷害到擁有不死之軀的他——我這樣說有錯嗎？」

「或許是的，只論肉體的話。」

雪菜冷冷地瞪向少年。呵——少年開心似的吐氣。

「如妳所說。即使他的肉體不壞不朽，他的心靈就不是那麼回事了。假如他忘記傷痛，就會連心靈都完全變成怪物。」

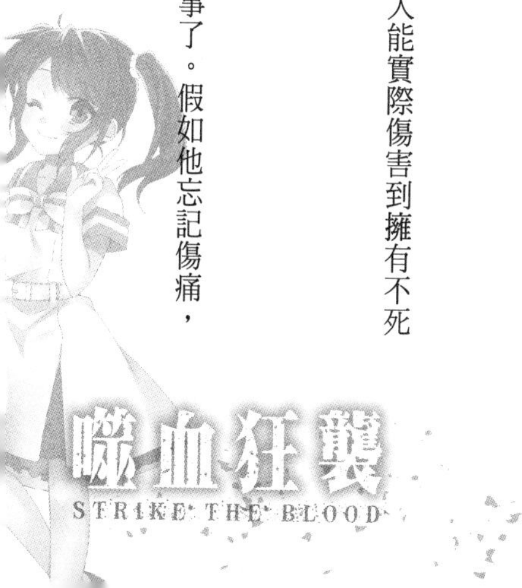

因此——少年壓低聲音。

「要不要趁早讓他崩潰呢？」

「……崩潰？」

「是的。他應當要曉得，失去心愛之人的絕望與恐懼，足以壓垮靈魂的壓倒性絕望與悔恨。趁他的心還沒有失去人性的脆弱，就先刻下無法療癒的傷痕，趕在他那種天真引起最惡劣的結果以前。」

少年淡然述說的口氣，恰與一連串沉重的內容呈對比。

「難道說，你們把曉學長帶來恩萊島，就是為了那個目的……？」

雪菜眼裡露出了強烈的責備色彩。

少年深深地點頭表示認同。

「他在這三天之間，體驗過九次死亡。每次都失去了眾多的伙伴。一同以攻魔師候補生身分修行的朋友、值得仰賴的學長姊，或許當中也有可以稱為情人的對象。」

少年用愉悅似的語氣告訴雪菜。宛如無名的路人對名人慘死表達同情，毫不負責任的語氣。對他來說，古城的苦惱終究與己無關。

「他不記得那些。然而，那些記憶應該會累積在他的無意識底下，侵蝕他的心。花時間慢慢地侵蝕，就像毒素一樣。」

「『逢魔魔女』提到的工作是……你打算讓她殺害香菅谷小姐嗎？」

雪菜察覺少年的目的。對擁有不死之身的古城來說，最恐懼的不是自己受傷害，而是失去身邊的人。少年在名為恩萊島的人工世界裡提供了伙伴給古城。為了奪走才提供給他。

而目前對古城來說，最接近身邊的應該是雫梨。殺了她，就能對古城的心靈造成創傷。那正是少年委託給禍子的工作。

「監獄結界是創造主作夢具現出來的世界。只要待在夢境中，死者就能一再復活。然而，曉古城他們正打算靠自己的意志讓夢境完結。假如這項決斷招來了悲劇，他是否能免於受傷呢？」

「我不會讓你稱心如意的，『吸血王』。」

雪菜握緊長槍告訴對方。

在現實世界裡，圍繞於古城身邊的環境與三天前沒有任何不同。

古城最心愛的妹妹，以及家人，還有紘神島上含雪菜在內的伙伴——「第四真祖擁有的戰力」，依然都毫髮無傷。

但要是失去雫梨，古城肯定會受傷才對。利用那道傷口，扭曲他的人格，將其轉換到對自己有利的方向——這就是「吸血王」的企圖。

「妳打算救香菅谷雫梨嗎，姬柊雪菜？」

即使被雪菜用長槍指著，少年仍面色不改。

他臉上仍洋溢著迷人的微笑，還用手指向禮拜堂的聖壇。

「倘若如此，我就先給妳忠告吧，嘗試那樣做是沒用的。妳救不了她，曉古城當然也一樣——」

「不會吧……」

聖壇上擺著樣似棺材的木箱。

鋪滿無數花朵的木箱裡躺著一名女子。將長劍捧在胸前，披戴長長頭巾的年輕女子。雪菜察覺到她的存在，便說不出話了。

「為什麼……怎麼可能會……」

「請妳轉告曉古城，叫他恨我，叫他對『吸血王』之名生畏——」

少年的語氣有了些許改變——配得上他原有「力量」的威嚴語氣。

在雪菜的認知中，少年仍安坐於椅子上的輪廓在搖晃。既非幻術，也非空間操控。雪菜發現他正打算用更恐怖的力量從這個世界離開。

「等一下！站住，『吸血王』！」

該不該用長槍強行化解他的力量呢——雪菜不滿零點一秒的迷惘，導致她永遠失去把少年留在這個世界的機會了。

少年的身影被近似極光的夢幻光芒包圍，然後逐漸消失。

「再會，姬柊雪菜。讓我們在遲早會到來的終結之日相見吧——」

呆站不動的雪菜耳裡始終迴響著少年最後說話的聲音。

3

從古城背後濺出了肉與鮮血，還有肋骨的碎片。以專門對付魔族的銀鈦合金彈頭進行長距離狙擊。恩萊島上辦得到這種事情的人，就古城他們所知只有一個。

「琉威同學的狙擊？怎麼會！」

雫梨抱住站不穩的古城，叫了出來。琉威理應是同伴，古城卻受到他的狙擊，這項事實奪走了雫梨的冷靜。

「古城！你振作一點，古城！」

雫梨不在乎外衣會染到血，拚命將古城扶穩。面對眼前的衝擊性畫面，即使知道古城是不死身應該也毫無意義。實際上，若換成真祖以外的吸血鬼，那可是當場斃命也不奇怪的嚴重傷勢。

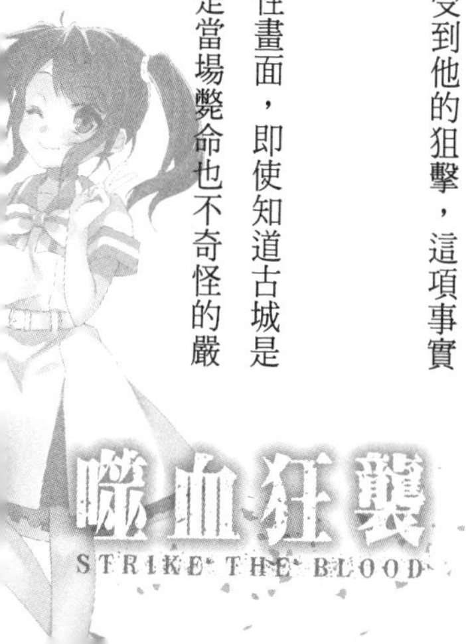

「……哎，我想也是。對方不會輕易放我們到迷宮深處。」

古城痛苦地反覆呼吸，就像事不關己地發出了冷靜的嘀咕。連他呼的氣都混有鮮血。

「現在哪是故作從容的時候！」

雫梨硬是壓倒想要抬起臉的古城，還用歇斯底里的嗓音大吼大叫。她在提防琉威的第二槍。

只要他們臥倒在地上，要繼續狙擊確實有困難。但是，大群惡靈會趁機逼近距離。琉威的狙擊兼有替惡靈掩護之用。

「不過，這真是太好了。」

「啥！」

「雖然不曉得是復活或再生了，原來宮住那傢伙還活著。」

「那是……！」

古城出乎意料的提醒，讓雫梨陷入沉默。就算記憶遭到竄改，能確認琉威活著肯定就是好消息。

「話說回來，臭教官還真敢用這招。既然對方有那個意思，我這邊也要放膽動真格了。」

古城忍受傷痛，伸出了右臂。之前受到妨礙的眷獸召喚過程在一瞬間結束，驚人的魔力聚合體毫無預警地現身。

「迅即到來，『牛頭王之琥珀（Cor Tauri Succinum）』——！」

古城等人的視野染上了琥珀色光芒。同一時間，猛烈的熱浪席捲而來。

古城召喚了由灼熱熔岩催生的牛頭神（Minotaurus）。

巨大戰斧劈裂大地，噴湧的熔岩熱流將叢林燒光。當然，大群惡靈絲毫也招架不住就燃燒殆盡了。這是明白身為狙擊手的琉威不在附近，才能動用的蠻橫手段。

「這……這就是第四真祖的真正力量……？」

雫梨望著古城令眷獸肆虐的模樣，連眼睛都忘了眨。

叢林已有幾成化為焦土，火勢仍在延燒。第四真祖的眷獸之力甚至能讓地形瞬間改變，整座恩萊島都為之搖撼。

「是啊……唔……比我想的還吃力……」

古城對眷獸解除召喚，同時便精疲力竭地倒下。受到足以轟穿心臟的傷害，連以不死身為豪的吸血鬼真祖都需要相當時間才能康復。血液停止循環的狀態若持續下去，當然也有礙身體的自由活動。目前古城光保住意識就耗盡心力了。

「古城……你的傷……！」

「畢竟琉威扎扎實實地轟了我一槍啊。」

召喚眷獸的反作用力，使得原本就要平息下來的出血再度惡化了。

除了琉威開槍狙擊之外，被雪菜用「雪霞狼」造成的傷勢也還沒有澈底痊癒。古城肉體承受的負擔似乎比預期中更重。

即使如此，一舉掃蕩大群惡靈，古城就安心了些。眷獸引發的火災讓大氣變得不穩定。在這種視野下，縱使是琉威也不可能繼續狙擊。

但是，古城他們還來不及混進濃煙裡逃走，頭上已先出現新的威脅。

「還沒完，卡思子！對方要來了！」

「眷獸……？」

雫梨因驚愕而皺起臉。被火焰籠罩的妖鳥衝散滿天黑煙，朝古城他們接近而來了。那是神木庭希未的「黛瑞絲」。

「難道連神木庭學姊也……！」

眷獸連重整陣腳的空閒都不給他們就展開襲擊，雫梨便用長劍劈向來敵。

一般物理性攻擊對身為魔力聚合體的眷獸不管用。可是，雫梨的愛劍輕易砍傷了那頭眷獸的肉體。靠第一劍吞噬對手魔力，再以提升威力的第二劍掃過妖鳥腹部。妖鳥挨中自己的魔力，龐然身軀飛了出去。

「趴下，卡思子！」

剛結束攻擊的雫梨被古城從背後推開。雫梨摔了一大跤，卻沒有空向古城發牢騷。因為倒在地上的她，頭頂被金屬長靴凌空掠過了。

「優乃同學！」

優乃趁煙霧瀰漫靠近他們，還運用獸人特有的敏捷性使出迴旋踢。雫梨靠劍柄接住了那招。左右勾拳接連招呼過來，雫梨便滾到地上躲開。

絲毫也不優雅的動作有負修女騎士之名。但是，狀況並不容許雫梨介意這些。迷失攻擊目標的優乃拳頭揮空。隨後——

「喝啊啊啊啊啊——！」

大倉山伴隨豪邁吆喝揮下的大劍，被雫梨勉強擋下了。巨岩蓋頂般的衝擊讓雫梨的雙臂發出哀號。假如不是剛從希未的眷獸吞噬過魔力，或許雫梨就連著「炎喰蛇」一起被劈成兩半了。對方的打擊力就是如此驚人。

「唔，『炎喰蛇』——！」

雫梨將長劍所剩的魔力全數釋出，將大倉山震飛了。大倉山的魁梧身軀撞上優乃。兩人扭成一團以後摔倒在地上。

「『炎喰蛇』的魔力見底了啦！」

雫梨眼裡顯露出焦躁。長劍用盡魔力，劍刃幾乎光芒全失。憑現在的「炎喰蛇」，恐怕擋不住大倉山的下一次攻擊。

「不，卡思子，妳做得很好！迅即到來，『甲殼之銀霧（Natra Cinereus）』！」

因失血而變得搖搖晃晃的古城擠出最後一股力氣，把雫梨抱到懷裡。

兩人那般身影被銀色霧氣包圍了。吸血鬼特有的霧化能力——

由第四真祖眷獸引發的霧化勢頭凶猛地波及周遭，能見度零公尺的濃霧澈底覆蓋了迷宮第二階層的大半空間。

4

「吸血鬼的霧化能力……居然能讓這麼廣的範圍全部變成霧……」

恐懼的雫梨茫然睜大眼睛，就這樣跌坐在岩地上。

古城令眷獸製造的濃霧和出現時一樣，突然便消失無蹤。可是，雫梨化為實體的地方和她原先的位置並不相同。為了逃過大倉山等人的追殺，他們在霧化狀態下直接移動了。

「這樣就能爭取一些時間吧……」

古城力竭似的仰身倒臥，並且用虛弱沙啞的聲音說道。

以距離來說頂多幾公里，但是他們與籠罩迷宮的霧化為一體，神不知鬼不覺地直接移動到這裡了。即使對手是大倉山等人，也不會立刻就被追上才對。

「確實沒錯。」

雫梨姑且認同古城的主張。接著，她用有些冷漠的眼光環顧四周景象。潮濕的牆壁；白色熱氣；從水面散發的獨特氣味；保持在水溫四十一度左右的浴池；還有男女區隔的更衣室——眼熟的露天溫泉景致。

「所以說，為什麼是來ＯＳ基地呢？」

「我想不到其他能休息的地方啦，並不是因為看準這裡有溫泉。」

古城擺出了莫名尷尬的表情找藉口。

迷宮第一階層ＯＳ基地。實際上，古城並不是出於什麼特別的目的才選擇來這塊地方。只是對身為迷宮探索新手的他來說，這裡是唯一有印象的觀測基地。

「哎，就當成這樣好了。反正在這裡也可以補充裝備。」

儘管雫梨臉上仍帶有一絲懷疑的神色，不過，她似乎決定不予追究地對古城聳了聳肩。在觀測基地，有警備負責人員使用的各種武器彈藥儲藏於此。對於手上沒有像樣裝備的他們來說，來這裡是個不錯的選擇。

「總之，你需要治療對吧。我馬上拿醫護包過來。」

雫梨說完便走向更衣室。

古城被轟掉的肺與心臟已經開始再生了，但他目前仍處於連動都動不了的狀態。即使只是纏上繃帶，應該也有撫慰的效果。

但是，雫梨來到更衣室入口之後就訝異似的停下腳步。

更衣室的門不見了。不只是更衣室的門，整座觀測基地都毀了。建築物老朽得像閒置了幾十年的破屋，已經崩塌瓦解。

「怎麼會……！」

基地不可能在自然現象下突然變成這樣，雫梨嚇得臉色蒼白。有人刻意竄改時光狀態。

由於基地老朽，導致保管在此的醫療藥品及武器都腐蝕而不堪使用。目的大概不是妨礙古城療傷，而是要防止他們取得裝備。

這並非真賀齋禍子下的手。換成她的話，應該會命令惡靈突襲，才不會使用讓設施變得老朽這種繞圈子的手段。

「大概是創造主的意思吧。看來對方還真不願意讓我們接近最底層。」

敵人不計一切的手段讓古城傻眼地苦笑。原本形象模糊的創造主，頭一次讓人明確感受到其存在。古城重新體認到，這座恩萊島是透過某人創造出來的世界。於是——

「我快氣炸了……！」

雫梨低聲對創造主彷彿在整人的介入方式發出咕噥。古城好像有聽見某種東西炸開的聲音，他的表情在幻聽症狀下僵掉了。雫梨的肩膀微微顫抖，嘴裡咬牙切齒。或許是因為感受到創造主的存在，讓她之前積了又積的怒氣找到地方發洩了。怒氣從雫梨全身上下綻放出來，化成了幽幽搖晃的氣場。

「卡、卡思子？」

古城畏畏縮縮地開口，雫梨就突然當著他面前把長大衣脫了。接著她連制服外套都脫掉甩到一邊，女用襯衫的釦子也劈劈啪啪地逐顆解開。於是，她遲疑地停了一會兒，然後才摘下戴著的頭巾。純白長髮翩然散開，翡翠色的角露了出來。

「欸……卡思子，妳在做什麼！」

古城對雫梨莫名其妙的行動著實感到困惑。

雫梨用力回頭，惡狠狠地瞪了古城。女用襯衫的領口敞開，使她白淨的頸根、鎖骨與低調的乳溝都見光了。

接著，雫梨直接騎到仰臥的古城身上說：

「做你原本想對神木庭學姊做的事情！」

雫梨說完便撥掉垂在頸根上的頭髮。眼神雖具攻擊性，卻沒有給人自暴自棄的印象。有使命感做後盾的凜然表情，跟她平時是一樣的。要說有哪裡不同，就是她的臉因為羞恥而染

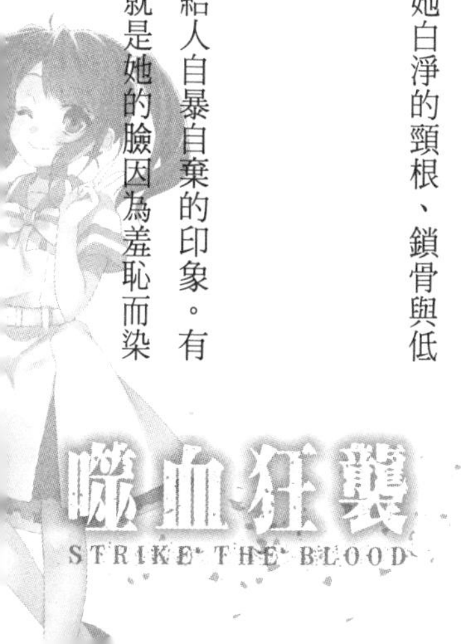

紅了──

「難道說，妳要我吸妳的血……？」

古城愕然仰望雫梨。既然無法補充武器或彈藥，讓受傷的古城恢復元氣確實就是打破目前困境的唯一手段。不過古城想都沒想到頑固而自封「修女騎士」的她，居然會主動說出那種話。

而且雫梨大概是把古城的問題當成了委婉的拒絕，就賭氣似的把臉朝古城貼過來。

「你、你有什麼不滿意嗎！雖然要跟那個學姊比，我的胸部確實比較小，也沒有那方面的經驗──」

「不會啦，照妳的性格要是有經驗，還比較讓人驚訝就是了……」

「我、我指的不是那種經驗！啊，不對，我的意思不是說自己不是處女，當然我對你講的那方面也一樣沒有經驗──」

雫梨老老實實地回應古城用來掩飾害臊的吐槽以後，才發現這樣是自添尷尬，頓時羞得全身都紅了。羞恥的她變得淚汪汪，還把手伸向古城的脖子說：

「去、去死啦──！」

「妳自己要說溜嘴的吧！」

古城被雫梨動真格地勒住脖子以後，便發出聲音模糊的哀號。

隨後，因為窒息與失血而面如土色的古城臉上，有溫暖的水珠滴落。

一回神，雫梨已經放鬆雙手了。原本強悍的她皺起臉，顯露出與年齡相符的少女本色。湧現的淚水沿著她的臉，如雨一般地落在古城身上。

「求求你……除此以外，我沒有其他能奉獻給你的東西……」

雫梨的聲音嗚咽般發抖。

「我們這些人……害你被扯進了聖團與伊魯瓦斯的問題，我知道自己如今說這些都是任性。可是，拜託你。再一會兒就好，助我一臂之力……」

古城默默仰望軟弱地低著頭的她。

毫無雜色的純白秀髮、白淨如雪的肌膚。即使哭花了臉，雫梨仍是個美麗的少女。美麗的並非外表，而是她的靈魂本身。

她求古城並不是為了自己，而是為了六千名被囚禁的伊魯瓦斯島民。即使想起自己是冒牌的修女騎士，她也沒有失去以修女騎士為志的心態。雫梨那種頑固而笨拙的為人方式，和另一名監視古城的少女形影重疊。

古城苦笑著嘆氣，並輕輕朝她伸出手。於是——

「呀啊！」

雫梨嚇得尖叫，全身也隨之僵硬。因為古城用雙手分別摸了她左右兩邊的角。

「你、你在摸哪裡啊！」

「這對角，果真很漂亮耶。該說是光滑嗎？而且這種觸感好像會吸手指頭。」

古城說著便用指腹摸了雫梨的角。每次撫摸，雫梨反應都很大。看來她的角並非單純只是骨骼的一部分，而是像獨角鯨的長牙那樣，屬於敏銳的感覺器官。

「那、那是用來判斷氣息或魔力的感覺器官！你摸得那麼粗魯就——」

古城特意溫柔地摸雫梨的角。雫梨咬住嘴唇，拚命忍耐著挑逗與搔癢交相混雜的刺激。她的呼吸變得既淺又快，泛紅的臉頰冒出汗水。不久雫梨就力竭似的癱倒在古城身上了。古城發現她全身都在抽搐，便暗自反省：摸得太過火了嗎？

幸好雫梨似乎沒有連意識都失去。古城撥開白髮，讓雫梨的耳朵露出來，然後帶著強而有勁的笑容朝她耳語：

「班長，事到如今就別說什麼助我一臂之力這種見外的話了，我們早就被扯進這件事啦。我要痛扁那個教官，並且救出所有人。姬柊還有恩萊島的居民，我都要救。」

「嗯。」

雫梨虛弱地點了頭。古城悄悄將嘴脣湊向她無防備的白皙頸根。尖牙毫不遮掩地接觸到雫梨了。汗濕的肌膚綻開，鮮血湧現。

「謝謝你，古城——」

古城一邊聽著她那沒有把話說到最後的聲音，一邊把獠牙埋入她的體內。

5

雫梨失去意識是不到十分鐘的事。她發現自己趴在古城身上，才連忙跳起來，並且找回自己剛才脫掉的外衣。

古城理應被琉威轟穿的心臟已經再生完畢了，「雪霞狼」造成的傷勢也不見了。雫梨確認到這一點，便安心似的吐氣。

「我想你應該明白就是了，剛才的事不許外傳喔。」

這是她對尷尬地轉開視線的古城說的頭一句話。

「剛才？假如妳是指處女那件事——」

「不是啦！我在說你跟我發、發生的行為！」

雫梨凶得像是要咬人一樣罵了古城。古城「啊～～」地慵懶聳肩。

「我不會說啦。還有卡思子，沒想到妳穿的內衣滿可愛耶。」

「我……我宰了你！」

雫梨一邊遮住從領口露出來的荷葉鑲邊胸罩，一邊拿了劍。

「別鬧了，等等，妳冷靜點啦！」

古城感覺到殺氣便往後跳開，一瞬間，有東西從他的制服口袋滾落——掌心尺寸的電子機器。

「那是……？」

雫梨仍舉著劍，目光則放到了那台機器上。外型讓人聯想到比較大塊的橡皮擦，帶有弧度的長方體。塑膠製的警報器。

「對喔，記得這玩意兒是臭教官交給我的……」

古城望著撿起來的警報器，並且板起臉孔。

他並不是沒有疑問。為什麼回到絃神島以後，雫梨和禍子都能精準追蹤他的下落？琉威等人又是怎麼判別他在叢林裡的位置？

「難道這不是警報器，而是發訊機？」

「臭教官，居然來這一套……！」

古城把警報器砸到地上，然後粗魯地直接把那踩爛。塑膠製的廉價外殼一下子就壞了，裡頭的零件撒了出來。

「表示我們逃到這裡也早就被發現了吧。看來我們最好趕快移動。」

「不，很遺憾，似乎已經晚了。」

雫梨從朽壞的牆壁空隙向外窺探，並且說道。古城踏進變成廢屋的基地以後，也忍不住發出嘆息。

有無數人影聚集在環繞基地的荒廢岩地。他們大多是在「設定」中受聘於企業而常駐在恩萊島的警備員。古城也認出了幾張熟面孔。那應該是攻魔專校的迷宮探索隊伍。

「待在迷宮的恩萊島居民，好像全聚集過來了耶。」

古城生厭似的開口。八成是禍子認為靠惡靈無法收拾，才派這些人過來的。

實際上，這是有效的手段。第四真祖的眷獸威力太過強大，對付人類幾乎派不上用場。燒光死靈不會讓古城有所牽掛，但面對活生生的人，躊躇就在所難免了。何況他們只是受了操控。

「不能像剛才一樣變成霧逃走嗎？」

雫梨仰望著古城問道。面對她滿懷期待的眼神，古城微微板起臉。

「噢～～……那招嗎？並不是辦不到啦，不過那樣做的話，之後能不能讓他們復活成原狀就難講了。即使不考慮這一點，這裡仍然很不穩定，以空間來講。」

「原來你用了那麼危險的能力，還把我牽連進去嗎……！」

雫梨瞪著古城，啞口無言。古城看似尷尬地轉開視線。在這裡使用霧化眷獸，肯定會牽連外頭那些襲擊者。只有古城與雫梨也就罷了，既然那些人對身為宿主的古城抱有敵意，感覺眷獸就不會讓他們恢復原樣。因為隨機的破壞與殺戮才是第四真祖眷獸的本質。

話雖如此，要是就這樣什麼也不做，只會讓局面惡化。那些襲擊者已經包圍了基地，即使想強行突圍也需要某種契機。

「實在不太妙嗎……」

在襲擊者當中，也能看見裝備火箭筒與機關砲一類重武裝的零星人影。要是被他們集火，古城也沒有自信能保護雫梨不受任何傷害。

「可惡……！」

古城硬著頭皮做出召喚眷獸的覺悟。幾乎同一時間，察覺狀況有異的雫梨瞇起眼睛。有好幾顆砲彈一邊灑出白煙，一邊從包圍基地的襲擊者頭上飛來。是戰車投射的發煙彈。

「怎麼回事……？」

那些襲擊者被煙霧包圍以後，不知為何就看似恍惚地停下動作。

古城對他們那種大夢初醒般的模樣有印象。那和雫梨從奈米式神的咒縛解脫以後，在保健室露出的神情一模一樣。

「古城！是那邊！」

「咦！」

古城朝雫梨指的方向看去，便微微地發出了驚呼聲。他認出一邊亂射發煙彈，一邊衝過來的深紅有腳戰車了。

『男友大人！卡思子大人！』

外部喇叭傳出麗迪安用變聲器轉換過的粗野嗓音。樣似陸龜的有腳戰車靈活地動著四隻腳，意外迅速地奔馳於岩地。在它背上，還可以看見淺蔥優雅側坐的身影。

那些襲擊者處於恍惚狀態，不會擋她們的路。有腳戰車要抵達古城等人身邊，並不需要太多時間。

『兩位都平安無事乎？幸好設法趕上了是也。』

深紅戰車關節嘎吱發響，停了下來。

「原來妳們也被傳送到這裡了啊……」

古城呆站著幾乎沒動，只勉強開了口。禍子在保健室硬是打開的「門」，果然也將淺蔥她們和戰車一起牽連進來了。

『正是。為尋找兩位，我們跑了好多地方是也。不過，恩萊島實乃風光明媚之島矣。』

「你居然在這樣的南島生活了好幾個月，真是替你白操心了。想必過得很快活吧？」

淺蔥用白眼瞪了與雫梨相伴站在一起的古城，並且皮笑肉不笑地問道。古城則哀愁似的變臉說：

「哪有可能啊。妳以為我碰到了幾次要命的狀況。被逼著接受莫名其妙的實習，還有嘮嘮叨叨的監視者跟在身邊，而且都沒有娛樂！」

「現在不是談這些的時候。還不如先告訴我們，剛才那陣煙是什麼！」

雫梨讓吵起無謂話題的古城與淺蔥閉嘴以後，便提出問題。

『此乃ＡＮＮ是也。』

「……ＡＮＮ？」

麗迪安的說明太過簡短，讓古城皺起眉頭。

『反奈米式神之奈米式神——可以讓奈米式神失效的奈米式神是也。它們一旦散播開來就會以指數函數的方式自我增生，因此只要半天工夫，就能讓這個世界的原版奈米式神全部失效，此乃試算過的結果是也。作為糧食的奈米式神消失以後，ＡＮＮ也會自動消滅，而且沒有副作用，敬請各位放心。』

「雖然我聽不太懂，總之就是奈米式神的天敵嗎？」

古城懵懵懂懂地點了頭。麗迪安之前在保健室用的煙幕，果然可以讓奈米式神失效，還防止古城他們受到洗腦。

「不過，光是驅除奈米式神，並不能救出恩萊島的居民呢。奈米式神終究只是輔助系統，跟創造結界的魔法屬於不一樣的東西。」

淺蔥替麗迪安的說明做補充。那是古城也有料到的一點。

「結果還是得直接教訓弄出結界世界的創造主嗎？」

「——既然這樣，接下來應該輪到我出面了。」

有聲音從古城等人的背後傳來，大氣如蜃景般搖晃了。從那裡現身的，是被無臉藍騎士捧在懷中的短髮少女。

「優麻！原來妳也平安無事！」

優麻從藍騎士的臂彎下來之後，就跟古城擊掌打了招呼。如此一來除了雪菜以外，之前聚在保健室的人就確定全都平安了。

「多虧奈米式神濃度轉淡，創造主的影響力好像變弱了。現在靠我的力量，某種程度內也可以在這個世界自由移動喔。古城，你們的目的地是這座地下迷宮的最底層嗎？」

「妳能把我們傳送過去？」

「只到入口的話，大概可以。」

優麻回望訝異的古城，略顯得意地笑了笑。古城和雫梨看了彼此的臉，然後同時用力地點頭。

「不好意思，我們要先脫離了喔。既然這個世界會瓦解，在現實世界那邊也必須配合做準備吧。奈米式神完全停止活動以後，這麼大規模的結界就無法撐太久了喔。」

『嗯。況且「膝丸」的電瓶差不多也要見底了是也。』

淺蔥與麗迪安各自提出現實的意見。

恩萊島即將瓦解。真賀齋禍子也承認了這一點。反奈米式神的效果不過是稍微加快了瓦解的到來。

恩萊島瓦解時會發生什麼事？古城等人也不曉得精確的狀況會是如何。

但是，假如有六千名人類忽然被拋到現實世界，就得事先採取某些對策才對。要不然，難保不會釀成重大慘劇。何況反奈米式神散播完畢，如今淺蔥她們在這個世界應該也沒有其他該做的事了。

「我明白了。淺蔥，妳們就先回去吧。」

「抱歉嘍。還有，你們也要早點回來唷。」

『劍巫大人就麻煩各位了是也。』

淺蔥和麗迪安有些不安地這麼告訴大家，古城便點頭對她們說：交給我吧。即使如此，臉上神情仍顯得不安的淺蔥就心血來潮似的忽然抬起臉。

「更重要的是，古城，你該不會趁我跟姬柊不在，就打算吸優麻或香菅谷小姐的血吧。」

下、下流……！」

「哪有！我不會再吸了啦！」

「不會『再吸』……？」

「優麻，麻煩妳。」

古城趕在淺蔥還沒有多說什麼以前，就雙手合十向優麻拜託。

沒辦法嘍──優麻苦笑以後，便命令自己的「守護者」將「門」開啟。淺蔥還在對古城喋喋不休，但她的身影被打破虛空的空間震波吞沒以後，立刻就消失無蹤了。她們回去絃神島了。

「……你的朋友，都是迷人的女孩子呢。」

雫梨目送鬧哄哄地逐漸消失的淺蔥等人離開，還愉快似的微笑著這麼說道。

難講啦──古城一臉疲倦地聳了聳肩。

「我想她們也能跟妳成為朋友喔，等我們回那邊的世界以後。」

「……要是那樣就太好了呢。」

雫梨莫名落寞地嘀咕，古城便納悶地回望她。然而，古城看不出低下頭的她有何心思。

儘管優麻默默地看了他們倆一陣子──

「走吧，古城。真相在等著我們。」

她仍用平靜的語氣這麼說，並且開啟通往迷宮深處的「門」。

6

雪菜獨自一人佇立在自號為王的少年離去後的禮拜堂裡。

名為恩萊島的結界世界中會有禮拜堂位於核心地帶，其理由隱約可以想像。

那是因為這座禮拜堂就是恩萊島創造主記憶中的原初場景。

禮拜堂的樣式與洛坦陵奇亞正教的風格十分類似。細部圖樣之所以會有差異，大概是因為那屬於異端派系「聖團」的樣式。

換句話說，這代表恩萊島的創造主是聖團的相關人員。

「…………」

雪菜默默地靠近留在聖壇上的木箱。

木箱中安放著女子的遺骸。保持美麗模樣而像昏睡般死去的女子，對雪菜來說是生面孔，二十過半的年輕女子。

白色長大衣與頭巾。從頭巾空隙露出來的是剪短修齊的「黑髮」。

還有，她捧在胸前的只是劍鞘。比普通刀劍更寬的鞘，大概是為了收納特殊的波狀劍刃才打造出來的。

「香菅谷……詩奈子……」

雪菜讀了繡在頭巾裡的字樣以後，臉色變得嚴肅。

保持美麗姿態朽去的她，感覺不到有靈魂存在。她確實死了。那顯示她不可能會是恩萊島的創造主。

留在恩萊島上的聖團相關人員，還有一個——

瞬時間，雪菜理解了藏在恩萊島的所有祕密。

她受困於無處發洩的哀傷，便緊緊握住銀色長槍。

隨後，爆發性魔力在禮拜堂外頭膨脹湧上，撼動了恩萊島。

彷彿要撕裂整個世界的「切斷」之力——

那是第四真祖的眷獸魔力。

「迅即到來，『冥姬之虹炎(Minelauva Iris)』——！」

古城召喚的巨大女武神(Valkyria)舉起虹色光劍，朝迷宮第五階層的結界劈落。厚得像分隔牆的結界被一擊粉碎了。

這一劍的餘波導致整座迷宮劇烈振動，原本支撐第五階層的牆與柱逐漸倒塌。古城等人怕被瓦礫波及，連忙躲到了裡面。

「……沒想到居然是用這種形式進入迷宮最深處。」

雫梨一邊朝背後逐漸崩落的洞窟回頭，一邊用醒悟的語氣說道。

她對古城用眷獸造成的大規模破壞好像也差不多習慣了。從她的嗓音裡只流露著認命的調調，並沒有惱怒或傻眼的色彩。

堵住洞窟的分隔牆另一端，有石砌的廣場。絕不算廣闊，可是，視野邊緣卻迷濛起霧，讓人看不清究竟走多久才有盡頭——如此奇妙的空間。

之前聽說分隔牆的內側有破獸的巢穴，但那裡並沒有破獸。廣場中央孤零零地蓋著一棟有如禮拜堂的小小建築物。看來那裡就是迷宮的終點。

「迷宮(Carceri)嗎……」

優麻發出嘀咕。她的話有種說不出的惆悵，讓古城和雫梨回過頭。

「Carceri在義大利語是監獄的意思呢。」

「……監獄？」

古城和雫梨看向彼此的臉。

假如這裡有破獸的巢穴，大概就不會對其名稱感到疑問了。倘若那是指破獸的牢籠，反而會讓人覺得監獄這個名稱取得正合適才對。

但這裡沒有破獸。它們只是被真賀齋禍子操控的傀儡，因此這是當然的。那麼關在這座監獄的，又會是誰——？

有陣挖苦般的含笑聲回答了古城的疑問。

「沒錯。待在監獄裡的，是罪犯喔。」

彷彿融入迷濛視野中現身的是行頭樣似喪服的黑禮服魔女。真賀齋禍子。

「真賀齋教官……！」

雫梨立刻把手伸向劍柄。禍子回望備戰的雫梨，愉快似的瞇起眼睛。

「要叫我禍子美眉也無妨喔。」

「妳少囉嗦，臭教官！」

破口大罵的則是古城。

「惡靈還有破獸，都是妳在操控的嘛。派恩萊島的居民……還有宮住與天瀨來襲擊我們的，也都是妳吧！」

古城瞪著禍子指謫。

散播在恩萊島上的奈米式神內藏了奪取島民記憶，並且操控他們意識的機能。如果只是要維持結界世界，就不需要那種機能。換句話說，奈米式神並非用於創造恩萊島，而是為了「竊占」這座島才被帶來的玩意兒。

「原本恩萊島應該是規模更小……只重現伊魯瓦斯景觀的小小和平世界吧？惡靈和破獸其實都不存在。是你們竊占那裡，把它弄成有地下迷宮跟攻魔專校這些名堂的恐怖地方。」

「因為那是委託人的要求啊。」

禍子毫不慚愧地這麼說了。靠她那句話，古城得以明白自己的推測沒錯。

「委託人……？」

「是啊。監獄結界這種魔法可真方便呢。無論要破壞或殺人，都可以一再重來。多虧如此，我才輕鬆達成了委託人的要求。」

禍子慵懶地將色澤偏暗的頭髮往上撥。

她會老老實實地回答古城的問題，並不是出自什麼親切的心理。她明白古城等人得知真相以後內心會更加受傷，才說出來的。

「委託內容是將絕望植入你的心。眼睜睜看著同班伙伴接連死去，心情如何呢？」

「妳說……什麼……？」

古城發出低沉的咕噥。

他的腦海裡浮現了琉威與大倉山在眼前喪命的模樣。就算那是用魔法重現的虛假死亡，他們的恐懼與痛苦仍然千真萬確。假如那些都是為了讓古城絕望才準備的戲碼，禍子的手法未免太過殘忍無情。

然而，禍子望著動搖的古城卻若無其事地笑了。

「或許你不記得就是了，但你失去同伴並非一次或兩次。最短也有三個月，長則半年——你那些花了許多時間才變熟的同伴，已經被奪走好幾次了。那種失落感，那種絕望，就銘記在你的靈魂深處，化為對世界的憎惡。」

「為了這種事……你們就為了這種事……而利用恩萊島嗎……！」

古城瞪著禍子，握緊拳頭。壓抑不住的魔力外洩流出，變成雷光將四周包圍。

「琉威同學！優乃同學——！」

而在古城旁邊，雫梨倒吸了一口氣。

從籠罩著廣場的霧氣中，以往的香菅谷班成員們彷彿聽命於禍子似的現身了。琉威手裡握著的並非狙擊槍，而是用於近身戰鬥的兩挺手槍。優乃也已經套上裝甲拳套。他們失去感情的眼睛，正把雫梨等人當成敵手凝視著。

「妳的表情不錯喔，香菅谷雫梨・卡思緹艾拉。」

禍子望著無意識地退後的雫梨，滿足似的點了頭。

緊接著，禍子當場召喚第三名隨從。全身被漆黑斗篷罩著的嬌小身影，以往曾在迷宮將古城逼到絕境的神祕敵人。對方手上握著一柄仍收在鞘中的長劍。

「遺憾歸遺憾，不過恩萊島已經到了極限。所以我要賦予你們最後的絕望。我想呢——

這就叫名為真相的絕望吧。」

禍子用戲謔似的口氣告訴眾人。同時，披著斗篷的人影拔劍了。

從鞘中迸出的，是起伏如火的深紅劍刃。雫梨用自己的劍勉強接住了對方發出的衝擊波。即使如此仍無法完全擋下衝擊力道，逼得她搖搖晃晃地後退。

「剛才的攻擊……難道是『炎喰蛇』的魔力解放……！」

雫梨維持承受攻擊的姿勢，聲音為之發抖。斗篷人影手裡握的是與她分毫無異的深紅長劍。砍中對手後能吞噬其魔力，進而增加威力的機能也一樣。那是如假包換的「炎喰蛇」。

另一柄「炎喰蛇」的持有者將漆黑斗篷脫掉了。

從斗篷底下出現的，是個容貌與雫梨別無二致的少女。

純白秀髮；藍色眼睛；還有從側頭部突出來的翡翠色尖角。唯一的差別大概就是她身上穿的制服染成了黑色。宛如照鏡子一樣，另一個自己的身影，讓雫梨訝異得發不出聲音。

「我來介紹。她就是恩萊島的創造主——『真正的』香菅谷雫梨・卡思緹艾拉。」

禍子繞到黑色雫梨的背後，並且告訴所有人。

「真正的……我……恩萊島的創造主並不是詩奈子，而是我……？」

雫梨的目光因恐懼而搖晃著。黑色雫梨則毫無感情地望著她那副模樣。

古城與優麻默默看著兩個雫梨互瞪。禍子看他們那樣便納悶似的挑了眉。

「你都不驚訝呢，曉古城。是嗎？原來你已經察覺了。我都忘記你們是南宮那月教出來的學生了。」

禍子遺憾似的聳了聳肩。

古城不做任何回應。禍子所說的話，只對了一半。

南宮那月所用的「監獄結界」能在自己夢中構築異世界，是極為特殊複雜的魔法。基於魔法的性質，那月的本尊非得一直沉睡於結界中才行。

換句話說，古城等人平時在現實世界所見的那月是她用魔法造出的分身。

而那月的「監獄結界」，和恩萊島是同一種魔法。倘若如此，即使恩萊島的創造主和那月一樣會操控分身，也沒有什麼不可思議。

古城是在觀測基地吸雫梨的血時，才察覺到她的真面目。優麻與那月同樣身為魔女，或許在更早的階段就察覺了。

就算是魔力造出的人偶，只要體內實際流著血，有生命力通過其中，對吸血行為就沒有任何妨礙。因此，被吸血的雫梨本人並沒有察覺。

她沒有察覺自己是創造主的分身——

「所謂的監獄結界，就是創造主在睡夢中的夢境。妳是登場於夢裡的人物喔，冒牌的修女騎士——妳的存在本身就是贗品。」

禍子像在嘲弄雫梨似的繼續說了下去。黑色雫梨朝自己的分身把劍揮下。

「贗品不只妳而已。天瀨優乃、宮住琉威，還有所有住在恩萊島的人都是冒牌貨。他們才是惡靈！」

「——！」

雫梨的劍承受了黑色雫梨——創造主的攻擊之後，便隨著尖銳聲響連根折斷了。

她握著折斷的劍，搖搖晃晃地後退。臉上失去了生氣，藍色眼睛也沒有對焦。

「妳不認同聖團——香菅谷詩奈子沒能保護伊魯瓦斯難民的事實，所以妳創造了屬於自己的新『魔族特區』，運用蓄積在『炎喰蛇』之中的四聖獸魔力。」

創造主將劍鋒指向已經喪失戰意的雫梨。古城認得那道劍刃的顏色。之前曾經覆蓋絃神島上空——也覆蓋了「伊魯瓦斯魔族特區」的凶惡光芒。「深淵薔薇」的花瓣顏色。

「這座恩萊島上，只有妳總是能在曉古城身邊待在最後。不過那也要結束了。香菅谷雫梨・卡思緹艾拉會消失，被真正的自己殺害——」

雫梨虛弱地對禍子彷彿在助長恐懼的話語搖頭。

她眼裡浮現的是絕望。被迫得知原本相信的世界是人造物，被迫面對自己是贗品的事實。而且真正的自己，就在她眼前。

這種情況下，雫梨不可能繼續保住自我。

琉威靜靜地把槍口轉向停下動作的雫梨。

他瞄準雫梨毫無防備的胸口，並扣下扳機。

子彈隨槍響射出，然而尚未觸及雫梨就被彈開，透過出現在她眼前的巨大金剛石結晶。

「——別開玩笑了！」

古城朝琉威撲了過去。琉威的手槍連續迸出火光。他的子彈全被古城全身上下像鎧甲一樣環繞著的細密金剛石結晶擋住了。

古城的拳頭擊中琉威下巴，琉威直接被揍飛到後頭。正因為對方是朋友，古城才沒有手下留情。因為他比任何人都了解琉威的實力。假如最初的奇襲失手，憑古城的實力就沒有辦法毫髮無傷地打倒琉威。

「我確實記得很清楚，自己失去同伴時有多絕望。可是——」

優乃豪邁地朝著地的古城使出迴旋踢。古城交叉雙臂，接下了她用長靴強化的這一腿；還不忘朝她貼近一步，將打點錯開。讓古城學到這些的不是別人，正是在訓練過程中教他好幾次的優乃。

「我在恩萊島學到的，可不只有絕望。多虧如此，我還認識了在普通生活中不會遇到的這些傢伙，而且受訓當攻魔師也滿新鮮有趣的啦。」

雫梨茫然地望著古城獰笑的模樣。喂喂喂——古城暗自感到傻眼了。假如琉威和優乃在正常狀態下就另當別論，既然他們現在只是受別人操控，古城就沒有理由會輸。即使那些都是發生在夢境的事，與他們相處的時間仍非虛假。

在空中迴身翻滾的優乃用左右掌撲過來。那是她最擅長的打擊妙招，虎王拳四番「爪星」——

「我也認得那一招！別小看香菅谷班裡專門扛行李的人！」

古城用帶有魔力的拳頭，將優乃的招式擊落了。優乃的背脊摔在地面上，嬌小的身軀隨之反彈。

「古、古城……？」

雫梨驚愣地愣住了。她大概作夢都沒有想到，古城會壓倒琉威與優乃。古城無奈地發出嘆息，然後轉向仍呆著不動的雫梨說：

「還有妳也不要哭喪著臉！」

「唔呀！」

雫梨被古城抓住角，就挺直背脊發出了窩囊的尖叫聲。

「或許妳的身體是靠魔力具現的冒牌貨，不過沒道理連妳的人格都是假的吧！我認識的香菅谷雫梨只有妳，任誰都無法否認！妳怎麼能斷言在夢中也拚命活著的人格是贗品，只顧作夢的傢伙卻是本尊！」

古城仍用雙手伸進雫梨的頭巾，並且探頭看了她的臉。

雫梨本應恍惚的眼裡再次恢復了生氣。

「妳大可對這個為了救其他人而創造出的夢（世界）引以為豪。我會替妳解決為了製造無謂的絕望，就打算利用這個夢的傢伙！」

古城從雫梨頭上放開手。雫梨卻沒有站不穩。她用雙腳實實在在地站著，還瞪了身為自己本尊的創造主。

始終旁觀的優麻看似滿意地發出「呵呵」的笑聲。或許她是把以往迷失自我而被古城勸導的自己跟雫梨重疊在一起了。

古城轉頭瞪了禍子。他自信地揚起嘴角，露出獠牙。

「好了，臭教官，讓我們開始吧——接下來，是屬於第四真祖（我）的戰爭！」

禍子就像被古城的目光射穿，表情隨著「唔」的驚呼聲繃成一團。

那是短短一剎那的變化，然而在那個瞬間，「逢魔魔女」確實失去餘裕了。禍子好似引以為恥地發動了大規模魔法。

由巨大魔法陣催生出來的是破獸——徘徊於迷宮，不具宿主的眷獸。

但是，怪物凶猛的身影被銀色閃光斬斷而四分五裂了。

那不是遭到破壞，而是自此消滅了。彷彿從一開始就不存在，催生出破獸的魔力蕩然無存。打倒破獸的閃光，其真面目是嬌小少女所拿的銀色長槍。

「不，學長，是『我們的』聖戰才對——！」

姬柊雪菜從白茫迷霧中現出身影並帶著靜謐的氣息，凜然地瞪向禍子。

7

「姬柊，抱歉，我來遲了。」

古城望著雪菜短短交代——連賠罪都算不上的淡然語句。

「是的。我脫逃也費了些工夫。」

而雪菜同樣簡短回答。古城抵達這裡受了多少傷、重複過幾次魯莽之舉似乎都被她看透了的語氣。

對於他們倆好像不必透過言語就能互通心意的態度，優麻投以苦笑，雫梨則是露出了目瞪口呆——或者傻眼般的表情。

「這一次，我也有點生氣。」

雪菜用冷冷的目光看向禍子。

禍子一副隨時都要咂嘴的臉色。她對雪菜顯露怒氣的理由應該心裡有數。

雪菜隨手朝背後的空間揮動銀槍。炫目閃光劃出一道軌跡，撕開了位於廣場中央的禮拜堂，還有被霧氣籠罩的空間。

這並不是雪菜手上長槍的原本威力。「雪霞狼」的能力是令魔力失效，以及斬除結界，不可能具備將空間直接斬斷的威力。

然而，這裡是魔力構築而成的異世界。「雪霞狼」具備讓魔力失效的能力，意同於擁有消滅世界的力量。

「妳瞞著身為監視者的我把曉學長擄走；創造出虛假的絕望，想藉此傷害學長；而且事到如今，妳還在欺騙香菅谷小姐！」

雪菜每次揮槍，霧氣便隨之消散，被掩蓋的世界逐漸現出其面貌。

據說無人來過的迷宮最深處，第七階層。

石砌廣場的前方是鋪滿花朵的綠色大地，平緩的斜坡上有閉著眼睛橫躺的眾多人們，人數應該遠遠超過五千人。

那模樣就像等待埋葬的死者，不過古城卻發現他們表情安詳。

他們只是睡著了。

一邊作著夢一邊持續長眠——

「恩萊島的居民才不是惡靈。他們跟香菅谷小姐一樣，一直在恩萊島的最深處持續作著夢。」

將結界破壞完畢的雪菜在最後將銀色長槍插到地上。

禍子好生厭煩似的用手扶著額頭。即使如此，她仍無意否定雪菜所說的話。

為了從瓦解的伊魯瓦斯拯救六千名難民，聖團動用「監獄結界」的術式，把人們移動到「結界世界」。

「監獄結界」的術式本身，恐怕是香菅谷詩奈子準備的。雫梨只是繼承詩奈子身為施術者的遺志，負責操控魔力以及維持結界罷了。

可是，由於身為施術者的詩奈子死去，雫梨便無法解除「結界世界」，也沒辦法把眾人解放出來。於是這六年之間，恩萊島一直都徘徊於異世界當中。

而找出恩萊島，還為了自身目的而利用奈米式神加以竊占的幕後黑手，就是「逢魔魔女」真賀齋禍子。

「香菅谷小姐做的事並沒有白費。她救了伊魯瓦斯的難民，以聖團修女騎士的身分。」

雪菜腳下的地面冒出龜裂，恩萊島的大地明顯震動加劇。

淺蔥等人散播的反奈米式神進行增生以及雪菜動手破壞結界，正導致這個世界加速瓦解。解放結界世界的必要條件剩下一個——身為創造主的雫梨醒覺。

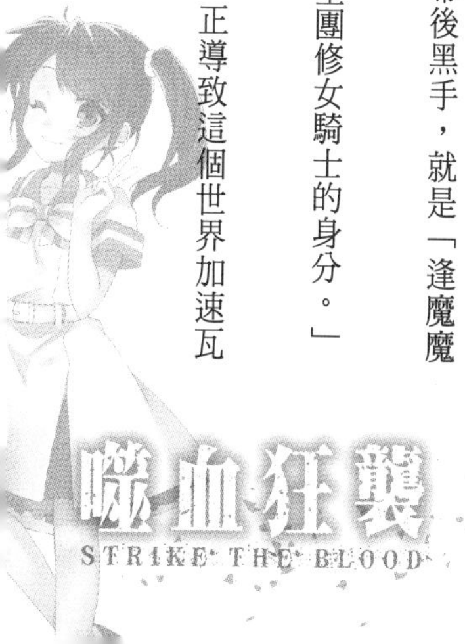

「說得……沒錯呢。」

雫梨從脣間發出了嘆息。不久那就變成了笑聲。

正經得幾近高傲，執著得近乎狂妄，擁有沒話說的好心腸又愛照顧人，一如香菅谷雫梨平時本色的嗓音。

「即使在夢境中，我就是我——但是呢，一直沉睡不起，我差不多也膩了。現在是時候由我親手把妳叫醒了！」

雫梨用雙手握緊劍柄。理應連根折斷的長劍被深紅光芒包圍，恢復成原本的形狀了。恩萊島的真面目是創造主所作的夢。那也表示雫梨身為創造主的分身，正待在能讓她心想成真的世界。雫梨干涉世界的力量，如今已經超越創造主了。

「傷腦筋，好像稍微失敗了。我還以為好不容易弄到了不錯的實驗處呢。」

禍子慵懶地搖著頭。她沒有要向古城等人謝罪的話。即使對錯判抽身時機這一點有所反省，她應該絲毫也沒有放棄抵抗並投降的意思。

實驗處這個字眼，明確地表現了禍子的立場。她是LCO的前幹部。只要是為了做自己的研究，對任何犯罪都不會忌諱，LCO魔法師這種獨善其身的習性，她似乎也忠實繼承在身上。

「那我就此告辭嘍——話雖這麼說，你們並不會放過我吧。」

禍子打開從虛空取出的魔導書，露出了刻薄的笑容。

在她發動魔法的同時，創造主——穿黑色制服的雫梨手上那柄劍便噴湧出凶猛的魔力。

那股魔力在禍子等人的頭頂打轉，接著就變成了巨大猛獸的模樣。全長達數十公尺的狂暴三頭犬，被火焰籠罩的漆黑破獸。

「她竟然……召喚破獸……！這是什麼魔力……？」

古城仰望凶猛的漆黑魔犬以後，眼神就變得險惡了。

以規模來看，那並不是魔女能當成使役魔召喚的幻獸。足以匹敵真祖眷獸的龐大魔力。

古城認得和它極為類似的存在。

「我懂了……這頭破獸的真面目，是深淵之陷的『薔薇』眷獸！」

古城驚愕地嘀咕，禍子便笑著點了頭。香菅谷詩奈子賭命封印在「炎喰蛇」之中的四聖獸魔力被禍子擅自召喚出來，還命名為破獸並加以操控。

「晝與夜，生與死，夢與現實……操控世上所有位於邊界的事物就是她原本的能力。因此她才會被稱為司掌黃昏的『逢魔魔女』。」

優麻說完就走到了古城前面。

在優麻背後，無臉藍騎士幽幽浮現。她的使命是狩獵ＬＣＯ的餘孽，抓住禍子才是她原本的目的。

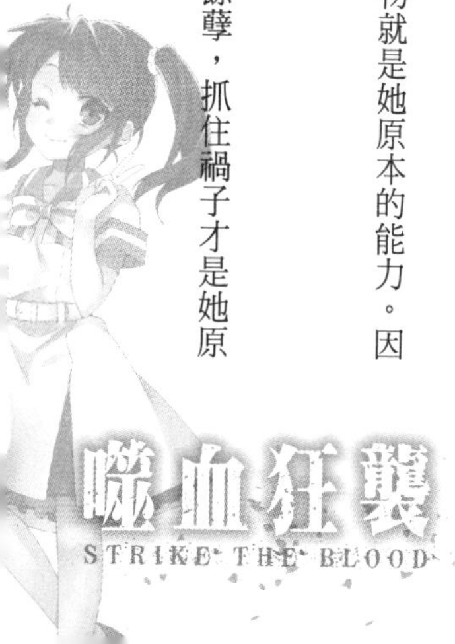

「答對嘍，『蒼之魔女』。沒有宿主的眷獸與死靈一類，全是我忠心的僕從。」

禍子不悅似的瞇起眼。優麻身為同位階的魔女，正在命令自己的「守護者」妨礙她對空間進行操控，禍子應該察覺到了這一點。

除非打倒優麻，否則禍子就無法逃出恩萊島。禍子原本打著想趁破獸作亂時脫逃的算盤，目前卻無疾而終了。

既然如此，禍子接下來會採取的行動就只有一種。

「『黃昏（Crépuscule）』！」

禍子召喚了自己的「守護者」。全身被黑色霧靄覆蓋，樣貌有如骸骨的惡魔眷屬。它手裡握著讓人聯想到死神的巨大鐮刀。那頭怪物長得像據說會在黃昏時出現的魔物，擔任「逢魔魔女」的「守護者」正合適。

「古城，召喚獸由你對付。她就交給我——！」

優麻命令藍騎士攻擊。藍騎士揮下的劍被無物虛空吸入，只從禍子背後的空間冒出劍刃——應用空間操控技術的奇襲。任何高手都無法料到的那一劍，卻被禍子以驚人的反應速度躲開。

「……！」

藍騎士勉強擋下了「黃昏」緊接著用大鐮發動的攻擊。禍子的「守護者」對姿勢嚴重失去平衡的藍騎士加以猛攻。

「『雪霞狼』！」

為了支援被逼到困境的優麻，雪菜從旁對禍子的「守護者」進攻了。可是，死神連那都能輕鬆應付，還反過來砍向雪菜。

雪菜靠著彷彿知悉未來的動作防禦其攻擊。據說獅子王機關的劍巫能洞穿片刻後的未來，那是她們擁有的特殊能力。即使用上未來視的能力，還是逮不住禍子的「守護者」。雪菜與優麻兩人合力，才勉強撐過「黃昏」那幾乎無法用肉眼確認的猛烈斬擊。

而且，連古城也沒有空閒支援雪菜她們。

因為漆黑破獸正在沉睡不醒的六千名難民頭上作亂。

禍子原本大概就想讓破獸去攻擊那些難民，然後自己再趁隙逃走。古城召喚了「神羊之金剛（Mesarthim Adamas）」、「雙角之深緋（Alnas Minium）」還有「磨羯之瞳晶（Dabih Krystalos）」——在防禦方面相對出色的三頭眷獸來對抗破獸，即使如此，光是防止難民受傷害就忙不過來了。破獸的三顆頭交互吐出火焰，導致古城找不到反擊的頭緒。這種手法很符合禍子擅於搗亂的作風。

「優麻小姐！『逢魔魔女』拿的書，恐怕是時間操控術式的魔導書！」

雪菜一邊承受死神攻擊，一邊轉達從「吸血王」那裡得到的情報。

「時間操控術式？我懂了，是自我加速嗎——！」

優麻眼中浮現理解之色。

禍子的「守護者」專精於操弄他人，絕不適合用在戰鬥才對。證據就是戰局像這樣一面倒，她卻無法打敗優麻等人。

禍子憑「守護者」造成的威脅在於它壓倒性的速度——既然曉得那是魔導書賦予的優勢，要擬出對策就不難。

「『蒼（Le Bleu）』！」

優麻的身影隨著「守護者」一同消失，並出現在禍子頭上。從她揮下的手臂前端發出了目不可視的衝擊波。

奇襲完全來自死角，卻被禍子的死神輕易攔阻。

「空間移轉（Teleport）和空間扭曲造成的衝擊波是嗎？簡直像南宮那月的劣質仿冒品呢。妳靠那種借來的招式就想逮住我？」

禍子用挑釁的口吻告訴優麻。優麻再次以空間轉移和她拉開距離了。乍看之下，優麻的攻擊毫無意義，只是白白浪費魔力。然而——

「我不否認這是借來的力量，不過妳錯了，真賀齋禍子。」

優麻把手湊向腳下的地面。魔力流入石砌的地板，只讓表面一部份變色。

井然有序的成串文字浮現了。那是記載於魔導書的文字列。

「我這股力量的原主並不是南宮師父，而是仙都木阿夜——真賀齋禍子，我『看過』妳的魔導書了！」

完全具現化的文字列灑出了強烈的魔力波動。

所謂的魔導書，是經過漫長歲月與人們的強烈意念，才變得自己擁有魔力的「強大書籍」。正常來講，就算抄下其中的文章，那些內容也不會擁有力量。

儘管如此，優麻描繪的文字列卻發出了和禍子那本魔導書一樣的波動。

「複寫魔導書？我懂了，因為妳是『書記魔女』的女兒……！」

禍子因焦急而皺起臉。優麻的母親——仙都木阿夜被稱為「書記魔女」，其能力是將記憶中的魔導書予以重現。

優麻運用複製好的時間操控術式，將禍子的魔法抵銷。原本禍子的「守護者」位於加速狀態，現在便回到原本的時光之流。

「狻猊之神子暨高神劍巫於此祀求——」

雪菜抓準那一瞬間的機會起舞了。她的脣間肅穆地編織出禱詞。爆發性靈力流入銀槍，刻印於內部的術式將其進一步增幅。

「破魔的曙光、雪霞的神狼，速以鋼之神威助我伐滅惡神百鬼！」

雪菜那把能讓魔力失效的槍化為閃光，將禍子的「守護者」予以貫穿。惡魔眷獸受到的痛楚產生逆流，讓禍子發出了驚人哀號。

霎時間，被禍子操控的破獸停下攻擊。對一直守候機會反擊的古城來說，那正是他盼望的一瞬。

「迅即到來，『獅子之黃金』——！」

古城新召喚的眷獸化為雷光，將漆黑破獸擊穿了。

破獸的肉體炸開以後，變成無數的黑色薔薇花辦飄舞在空中，不久那一切就在虛空中粉碎消逝了。

「事情結束了，臭教官……」

古城回頭看向帶著痛苦表情倒下的禍子，並且喘吁吁地吐氣。雪菜和優麻也還算平安。

雖然她們倆都耗力甚鉅，倒看不出有顯著外傷。

然而古城連鬆口氣都來不及，恩萊島的大地便開始震動。

原本賴以支撐的巨大魔力消滅，結界終於開始瓦解了。

「起床的時間到了呢，雫梨。」

在古城等人吞著口水守候之下，雫梨朝創造主開口呼喚。

白髮少女彼此舉著劍。兩個人的姿勢就像照鏡子似的一模一樣。

她們慎重地拉近間距以後，同時把劍舉起。

在那個瞬間，穿白色制服的雫梨口中悠然地冒出了聖句。

「——其獠牙乃是替我等斬除黑暗之光，其吐息為辟邪之焰。尊駕名喚噬炎之蛇。生自聖女靈魄，是為不滅之刃。」

祕蹟兵器「炎喰蛇」的真正持有者，聖團修女騎士才准吟誦的聖句。當雫梨頭一次本著自己的意志把那說出口時，創造主——另一個雫梨的目光微微搖晃了。

分不出先動的是哪一邊的雫梨——

她們把劍揮下。兩人形影交疊後，變成一道身影。

霎時間，古城等人的視野染成白色了。

腳下的大地隨之消滅，飄浮感包裹全身。

強烈的目眩與酩酊感來襲，彷彿會無止盡地往下墜的感覺。

恩萊島正要從長夢之中甦醒。

雫梨等人的身影已經看不見了。古城也不曉得她們的戰鬥結果如何。

但是，在古城因衝擊而失去意識之前，他覺得自己確實聽見了雫梨的聲音。

是我們贏了呢——雫梨這麼告訴他。

終章

Outro

香菅谷雫梨．卡思緹艾拉正杵在醫院的休息間。

在雫梨眼前的是自動販賣機。大型液晶螢幕上，排列著附有知名咖啡連鎖店商標的各種飲料照片。但是她不懂機械的操作方式。或許是因為這裡對雫梨來說算陌生的異國，或者機械的操作方式在她沉睡的這六年間有了大幅改變，再不然就是這台販賣機設計得不夠親切罷了。無論怎麼想都是第三種情況吧？如此心想的雫梨幽怨地瞪向自動販賣機。於是——

「午安。妳好，初次見面。是不是有什麼困擾呢？」

雫梨突然被人搭話，就警戒著回過頭。

有個穿睡衣的嬌小少女親切而笑咪咪地站在那裡。有著烏溜溜大眼睛的五官很是可愛，長髮往上束起，在後腦杓整理得短短的。

「是、是啊……有人告訴我可以在這台機器買到飲料就是了……」

雫梨有些疑惑地回答以後，少女就同情似的深深點頭了。

由於是在醫院裡，雫梨並沒有戴頭巾。少女應該也有注意到她的角，卻沒有顯露出在意的舉動。

「這台販賣機不好懂嘛。首先要把卡片湊向感應器，然後就可以選擇商品，接著挑好喜歡的飲料和大小以後再按下決定鍵。R跟L是中杯和大杯，這邊的按鍵可以選配料喔。」

「這、這樣啊。」

少女的說明又快又多話，卻不可思議地好懂。她的頭腦大概與留有稚氣的外表恰好相反，是個滿靈光的女孩子吧——雫梨心想。

雫梨照著對方的說明操作觸控式的螢幕面板以後，之前的困惑就像不曾存在一樣，她想要的飲料一下子就出來了。熱的皇家奶茶。

「謝謝。感謝妳這麼親切。」

「不會不會，不客氣。」

少女和氣地微笑，也開始操作自動販賣機。

她選的是添了滿滿鮮奶油的巧克力飲品。早知道也跟著買一樣的就好了——雫梨暗自羨慕。

「幸好有幫到妳的忙。因為我一開始也吃過苦頭。」

「妳也在住院嗎……？」

雫梨不經深思地反問以後，立刻就覺得自己問得有些冒失而後悔了。然而，少女並沒有顯得多介意，還簡單地用一句「對呀」了結問題。

「就快一個月了吧。我只是靈力消耗得太嚴重，並沒有生什麼病就是了。我們家就是哥哥太過保護我。多虧如此，我都閒得發慌了。」

「我懂呢。這個星期我都是在做檢查。雖說睡了六年難免要這樣，感覺還是很膩。」

雫梨不禁也跟著這麼說出口。

連她在內的六千名民眾從恩萊島獲得解放，是前天的事。

有這麼多難民一舉湧進，正常來講應該會陷入大混亂，不過在藍羽淺蔥事先安排下，就沒有引發顯著的騷動。或許也是因為名叫「骀神方舟」的廣大人工群島圍繞著絃神島，便有多餘土地可用。

難民大多身體健康，精神上的動搖也不算多嚴重。

只有特別衰弱的雫梨一個人在當天就被收容到醫院，而像這樣成天接受檢查。

少女重複了雫梨提到的「六年」，然後露出像在遙望遠方的表情。

「這樣啊……在我的朋友之中，也有一個沉睡不醒的女生……我有好多話想跟她講，一直都在等她醒來就是了。」

從少女的嘀咕可以感覺到當中有無法讓人隨便深究的苦惱與哀愁。說不定她曾經有過比自己更加離奇的經驗——雫梨無意識地如此感受到了。

不過少女立刻就開朗地笑了笑，把哀愁之色拋到腦後。

「不過謝謝妳。幸虧有妳這麼說，我覺得有希望了。」

「不會。呃，我也是受了好朋友的幫助。」

與其說是為了替少女打氣，其實雫梨是用辯解般的心情談這些。

「哇，這樣喔？妳的朋友是什麼樣的人？」

少女對雫梨的話題比想像中更加感興趣。看來她說自己在漫長的住院生活中閒得發慌是真的。

雫梨被她的氣勢稍微嚇到，同時還是回憶了好朋友的長相。

「簡單說呢，是個需要人照顧的男生。既粗魯又沒禮貌又遲鈍又凶，一不注意馬上就會給人惹麻煩……所以我一定要好好看著他才可以！」

「是、是喔……」

少女不知為何露出複雜的神情，還無助地嘀咕。世上類似的人可真多呢——少女有所領悟地自言自語起來。看來在對方的身邊，也有人和那個男的性格類似。這個少女應該也吃過不少苦頭吧？就在雫梨如此產生共鳴時——

「不過，妳喜歡他吧。」

「啥……？」

雫梨忽然被少女這麼點破，便嚴重嗆到了。

「喜、喜歡……？不、不對……才不是呢！我萬萬不會有那種想法。雖然那時候我確實有讓他摸，不過那是因為那個男的硬要逼我……」
雫梨抱頭蹲下。她的臉違抗了自身意志，逐漸染得紅通通。少女興致盎然地探頭看著雫梨如此青澀的反應。
那個少女偏了頭說：哎呀。她盯著雫梨擺在腳下的托特包，包包裡裝著用塑膠袋包裝的新衣服。那是淺蔥替雫梨想到沒衣服換應該會不方便就幫忙帶過來的。
「咦，這套制服是——」
「這是我下個月要轉進去就讀的學校制服。入學手續和考試還要等以後就是了。記得那是叫私立彩海學園的樣子。」
「咦，是喔！妳幾年級？」
少女訝異似的把身子挺過來。雫梨有些害怕地仰身回答：
「我……我讀國中部三年級就是了。」
「呵呵呵。這樣啊。那我就是妳的學姊嘍。我叫曉凪沙，多多指教。」
穿睡衣的少女一邊笑著說，一邊朝雫梨伸出右手。
她所說的話讓雫梨的心臟蹦了起來。
「妳、妳姓曉……？」
雫梨的背後冒出汗水。她不知道「曉」這個姓氏，在這個國家到底有多普遍。可是這樣的一致要解釋成巧合，未免太過弔詭。

仔細想想，帶雫梨來這間醫院，還有安排她轉學就讀的都是跟那個少年有關的人。當中就算有他的妹妹，也沒有什麼好奇怪。

問題在於，這個少女誤以為雫梨喜歡那個少年。

萬一被她發現剛才提到的人就是自己的哥哥——

雫梨想像到這裡，思緒就停了。

「話說我從剛才就很好奇耶……妳的角，能不能讓我摸一下？」

曉凪沙望著雫梨的頭，還雙手合十。咦——雫梨僵住了。

「拜託，摸一下下就好，前面一小截就好了！」

「……！」

雫梨望著用可愛態度拜託的凪沙，便篤定他們肯定是兄妹。

那就是香菅谷雫梨·卡思緹艾拉在「魔族特區」絃神島上，展開充滿波瀾、苦難與騷動生活的第一步。

†

「這是午後的行程。」

在紘神島中樞——位於基石之門的市政廳某一個房間，「第四真祖」曉古城露出了十分嚴肅的表情。擺在他眼前的平板電腦上，用不定睛細看就無法看清楚的小小字體寫著密密麻麻的大串行程。

「與企業的晤談有六件。各國大使表示敬意的訪問三件。人工島管理公社內的會議八件。需要署名的文件在這邊。明年度預算案的提出期限在這月底。請把這些資料的內容全部裝進腦袋。在明天以前。」

藍羽淺蔥穿著精明祕書風格的套裝，並且用公事公辦的口吻這樣告訴古城。她的服裝是為了跟政府或企業顯貴見面時不被看輕才做的一種角色扮裝，卻不可思議地跟她亮麗的容貌很相稱。相稱得令人害怕。

「呃……淺蔥小姐？」

古城膽顫心驚地舉手。

「什麼事，第四真祖？」

淺蔥的回答簡短而冷淡。儘管古城差點受挫，還是繼續把話說完：

「我才剛上完春假的補修課程耶。」

「是的。所以呢？」

「妳排這種密集過頭的行程是怎樣啦！用餐時間共十五分鐘，睡眠時間兩天加起來也才三小時——想要我的命嗎！」

「還不是因為你擅自失蹤了三天之久才會變成這樣！你以為我調整日期費了多少苦心啊！還有，這是來自伊魯瓦斯的難民，共六千人份的滯留許可證和生活保護申請書。另外還要搭建臨時住宅。在明天以前要署名完畢。」

淺蔥「磅」地拍桌怒吼，古城便無話可回了。精確來說應該是嚇得什麼話也回不了。

「姬、姬柊……」

古城無助地向在旁待命的雪菜求救了。

姬柊雪菜穿了保鏢風格的黑色套裝，還冷冷地低頭看向這樣的古城。

「我只奉了獅子王機關的命令來監視學長。」

雪菜用不近人情的語氣這麼說道。她無意介入第四真祖身為夜之帝國領主的業務，這就是她的宣言。

說是這麼說，直到前些日子，雪菜都還肯幫古城的忙。古城勉強確定能升下一個學年，大多是靠她的助力。反過來說，如果沒有雪菜相助，古城就一籌莫展了。

「優、優麻……」

「不好意思，我差不多該回攻魔局了。還有『逢魔魔女』等著要審問，再說報告書不寫也不行啊。」

同樣穿套裝的仙都木優麻漠然地回答。她的表情和平時一樣笑容可掬，眼神卻不知為何並沒有在笑。

「喂～～古城，關於伊魯瓦斯難民的對策預算，因為淺蔥發現的奈米式神解析數據申請到專利了，我看就用那筆專利金來支付——欸，這種氣氛是怎麼了？」

矢瀨基樹捧著厚厚的檔案夾走進房間，就發現室內瀰漫著嚴肅的氣氛，他心驚似的蹙了眉。

「古城為什麼會被瞪？啊……因為他偷偷吸了香菅谷學妹的血嗎？」

「矢瀨，你這白痴……！」

「！」「……！」「…………」

矢瀨用亂敏銳的口氣這麼說完以後，房間裡原本就緊繃到極點的氣氛，便出現了決定性的摩擦。然而矢瀨卻不長眼地刻意用誇張的動作聳肩說：

「唉，沒辦法啊。事態緊急嘛。」

「對、對啊。」

就是說嘛——古城連連點頭。在那種情況下要拯救雫梨與恩萊島，吸血是無可避免的緊急避難措施。雪菜等人沒有明著對古城抱怨，應該也是因為她們都有所理解。古城使了眼色表示：再多說一點給她們聽！矢瀨便點頭表示：包在我身上。

「何況跟那種女生一起泡溫泉，就算是古城也會情不自禁吧。雖然女人味有點不足，香菅谷學妹仍是個美女啊，而且又年輕。」

「……年輕？」

心想「你講這些沒有幫到忙啦」的古城忍不住趴到桌上，然而矢瀨的最後一句話讓他納悶地抬起臉。

「你不曉得嗎？香菅谷年紀比你小喔。雖然戶籍上是寫今年二十歲，她的肉體年齡仍保持在十四歲。因為『監獄結界』的施術者，基本上都是在時光靜止的狀態沉睡的。」

「是喔……」

矢瀨遞來雫梨的資料，古城就「呵」地看著上面的內容露出了微笑。

由於雫梨態度高高在上的關係，古城對她不太有年幼的印象，不過這麼說起來，跟裝成大姊的態度呈對比，雫梨是有她格外稚氣的一面。比如她對琉威和優乃交往的事情感到動搖，對戀愛方面的知識也特別幼稚，還有體型也是。

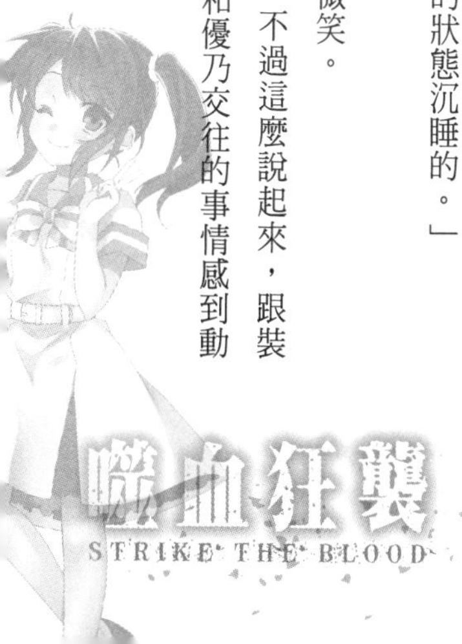

「這樣啊。那麼，要放棄還早嘍。」
古城望著印刷在資料上的雫梨半身照，嘀咕了一句。
「學長，你看著哪裡在講話？」
雪菜則用白眼瞪古城，鬧脾氣似的噘起嘴。

†

「姬柊雪菜……姬柊嗎……」
「她」望著緩緩迴轉的立體影像，並且愉悅地瞇起眼睛。
這名以ＣＧ重現的少女「姬柊雪菜」，就算表達得極為含蓄，其容貌還是可以用「美麗」來形容。嬌小卻勻稱的體型；纖細的手腳；可以感受到毅然光芒的眼睛；端正的臉孔。就連略顯古風的髮型與制服，都讓人感到有魅力。
「還有，她好年輕喔！欸，萌蔥，妳有沒有看過這份影像？」
她穿著浴袍，仰身倒臥在實驗室的沙發上，然後叫了與自己同父異母的姊姊。
有著亮麗臉孔的白衣少女停下打鍵盤的手，並且回頭。
「看過。說她年輕，不就跟現在的妳同年齡嗎？」

「是沒錯啦。總覺得好奇怪喔。那個女的也有這種時期，感覺真不可思議。」

她笑嘻嘻地起身了。遺傳自母親的亮澤黑髮翩然飄舞。從形狀誘人的嘴脣間露出了潔白而大顆的犬牙。

「認真點。妳明不明白自己的工作？」

穿白衣的姊姊傻眼似的嘆了氣。在電腦的小小畫面中，有仿照布偶外形設計的人工智慧化身醜兮兮地咯咯發笑。

姊姊的面前擺著直徑約五公尺的金屬台座。

那就像觀測用的碟形天線，也像用來發射某種能量的電磁砲台。看起來或許也像舞台。巫女們表演神樂的神聖舞殿。

「我明白啦。萌蔥，妳也真愛擔心耶。」

她說完便動手操作電腦。畫面切替，新的立體影像陸續浮現。將制服穿得可愛而邋遢的亮麗美少女；脖子上掛著耳機且笑得輕浮的少年；把頭髮往上綁的親切少女；還有露出慵懶表情的吸血鬼──

「那些全部都得在出發前記熟，因為妳沒辦法帶行李過去。」

「就說過沒問題嘛。我都記住了。」

反正又不是完全不認識的人──她在心裡暗自這麼嘀咕了。

同父異母的姊姊應該並沒有聽見她的心聲，卻再次發出嘆息。

小小的警報聲響起。那是電腦通知實驗預定開始時刻的電子音效。

「準備好了嗎？」

「隨時都行。」

她勇敢地朝著一臉擔心的姊姊笑了出來。

實驗室的燈光會變暗，與其說是姊姊出於體貼，應該是電力都轉為供應給實驗機材所致。她並沒有多作遲疑，就把浴袍迅速脫掉了。

在緊急照明的淡淡光芒中有白皙的赤裸身子浮現。

一絲不掛的她身上只帶著金色長槍。

她緊握那把長槍，站上金屬製的舞台。

「——零菜。」

同父異母的姊姊叫了她的名字。

「怎樣，萌蔥？」

她微笑著凝望同父異母的姊姊。

宣布倒數的合成語音在實驗室之中響起。呈螺旋狀鋪設的粗管線被龐大魔力流入，淡淡地發光了。

從人工島全區收集到的魔力，朝著金屬製舞台聚集而來。

那是用來支援時間轉移術式的大規模魔法裝置。

在倒數結束的前一刻，她看見了萌蔥羞赧似的揮手的模樣。

「路上小心。順便幫我問候第四真祖（爸爸）他們。」

她聽著同父異母的姊姊溫柔的聲音，同時意識也逐漸被光芒吞沒——

後記

有拆除工程動工了。

不是我家，而是在我的工作處隔壁的大樓。

從早上到傍晚，都有卡車與工程機械輪番上陣。轟鳴聲響起；混凝土碎片飛散。工作處的地板晃得讓人誤以為是體感型戲院，假如不小心拉開窗簾，還會跟陌生工程員小哥目光相接，簡直是地獄。為了對抗噪音，我戴上耳機拚命放音樂，中途放棄後還曾經到家裡或家庭餐廳避難，總之在整部系列中，本集肯定是在最為嚴酷的環境下寫出的作品。藉著這次寶貴經驗讓我深切體會到，能在不會搖晃的房間裡不塞耳栓執筆是多麼幸福的事。真的好慘。

不管怎樣，拆除作業終於結束了，因此從下一集開始應該會執筆得更加順利——我才剛如此期待，但既然大樓拆除完畢了，接下來當然就要開始動工蓋新的大樓了。像這樣，嚴酷的日常生活依舊持續著，不過我希望下一集能快點向各位奉上。還請多多指教。

所以嘍，這次推出的是《噬血狂襲》第十六集。讓各位久等了，這是第二部。

精確而言，與其稱作第二部正篇，這次我是當成比較大費周章的序章來執筆。我也試著放了不趁這個時間點就無法發揮的玄機，若能讓各位讀得愉快就太令人高興了。畢竟事先大舉宣傳過要出第二部，內容卻了無新意，我也覺得實在說不過去。

下一回終於就是新章的重頭戲了。雖然我不確定哪邊會先出，但是另一本短篇集性質的書也同時在籌備，若您也能解囊買下便是我的榮幸。

雖然我想各位都已經知道了，本集上市之後，《噬血狂襲》的第二期ＯＶＡ預定會相繼發售。首先會從收錄於文庫版第九集的「黑劍巫篇」開演，這是我個人也很中意的篇章，因此非常開心，真令人期待。我也寫了一小段極短篇當初回特典。

另外，在《月刊コミック電撃大王》雜誌上連載的漫畫版《噬血狂襲》也要推出單行本第九集了。這部分也請各位多多指教。（註：以上為日本狀況）

那麼，後記來到了最後。

在本作負責插畫的マニャ子老師、負責改編漫畫的ＴＡＴＥ老師、動畫版的相關人士，以及與製作／發行本書有關的所有人士，由衷感謝你們。

當然，對於讀完本書的各位讀者，我也要致上最高的感謝。

但願我們還能在下一集相會。

三雲岳斗

國家圖書館出版品預行編目(CIP)資料

噬血狂襲 16 虛幻的聖騎士 / 三雲岳斗作 ; 鄭人彥譯 -- 初版 -- 臺北市 : 臺灣角川, 2018.03
面 ;　公分
譯自 : ストライク・ザ・ブラッド 16 陽炎の聖騎士
ISBN 978-957-564-072-9(平裝)

861.57　　107000203

Kadokawa
Fantastic
Novels

噬血狂襲 16
虛幻的聖騎士

（原著名：ストライク・ザ・ブラッド 16 陽炎の聖騎士）

2018年3月14日 初版第1刷發行
2021年10月29日 初版第3刷發行

作者：三雲岳斗
插畫：マニャ子
日版設計：渡邊宏一
譯者：鄭人彥

發行人：岩崎剛人
總編輯：蔡佩芬
編輯：孫千棻
美術設計：黃永漢
印務：李明修（主任）、張加恩（主任）、張凱棋
發行所：台灣角川股份有限公司
地址：104台北市中山區松江路223號3樓
電話：（02）2515-3000
傳真：（02）2515-0033
網址：www.kadokawa.com.tw
劃撥帳戶：台灣角川股份有限公司
劃撥帳號：19487412
法律顧問：有澤法律事務所
製版：巨茂科技印刷有限公司
ISBN：978-957-564-072-9